不可思議短編集

神月 裕
Yu Kanzuki

文芸社

目　次

不可思議短編集

しあわせセールス

孤独死が増加の一途《いっと》をたどる昨今、引き取り手のない遺体の数も年々増え続けている
――

とあるマンションの一室、そんな暗いニュースを眺めながら、スズキは今日何度目かの深いため息をついた。

「俺も、覚悟しておかなきゃなあ……」

スズキに妻や子はなかった。若い頃は歳相応の恋愛に憧れを抱いたりもし、いまだ夢を捨てきれないまま、貯金を取り崩すような出来事もなく今に至る。

孤独死。そろそろ定年を迎えようかという年齢でありながら独り身のスズキに、それが現実のものとして輪郭を帯びて見え始めた――そんな、ある日。彼はやってきた。

「こんにちは。わたくし、しあわせセールス社のフクダと申します」

不意に響いたドアチャイムにスズキがワンルームのドアを開けると、スーツ姿の若い男が玄関先に立っていた。

確かに若い、はずだ。しかし頭は見事に禿《は》げ上がっており、佇《たたず》まいにもいわゆる『若者らしさ』がない。

しかし何よりも目を引くのは、その男の表情であった。糸のように細い目と大きな口で、顔全体に満面の笑《え》みを作っているのだ。屈託も淀《よど》みも一切ない、作りものかとさえ疑いたくなる笑顔。

スズキは眉《まゆ》をひそめた。怪しい。怪しすぎる。

が、ここまで怪しいとかえって話を聞いてみたくもなる。

スズキは差し出された名刺を受け取り、ざっと目を走らせた。しあわせセールス社、福田幸男——フクダユキオ。名刺にはそれだけしか書かれていない。連絡先も住所もない。

「俺もセールスマンというやつを何人か見てきたが、君ほど怪しい奴は初めてだ」

「皆様よくおっしゃいます。ですが、わが社の商品はそのほとんどの方に満足頂いているものばかりでございまして」

「幸せを売るというのか？　本当にそんなことが？」

「はい。わたくしどもは、商品を通じてお客様にしあわせを販売しているのでございます」

怪訝《けげん》な顔で本音を漏らしたスズキにも、フクダは気を悪くする様子はない。害意がないなら、話くらいは聞いてもいいかと、スズキは思い始めた。

カネでしあわせが買えるのなら、いっそすがりたい。仕事だけで消費されてきたスズキの人生は、当人をそこまで考えさせるほど彩りが欠けていた。

「それで、今日はどんな用だ」

「はい。わが社の新商品をご提案させていただきたいと思いまして」

「新商品？」

「はい。きっとお気に召していただけますよ」

満面の笑みをまたさらに破顔させたあと、フクダは一旦後ろを振り返った。

「おおい、お客様に姿を見せてあげなさい」

後ろにまだ誰か控えていたらしい。部下の荷物持ちでも出てくるかと想像したスズキだったが、フクダに呼ばれて姿を現したのは——

「レイです。はじめまして」

「は、はじめまして。ス、ス、スズキと申します」

——意外なことに、セールスとはまるで縁のなさそうな若い女性だった。歳の頃なら二十代のなかばに見える。地味な格好をしてはいるものの、ロングヘアの、お姉さん、という形容のよく似合う美人だ。決して愛想がよいとはいえないスズキが、思わず名乗ってしまうくらいに。

「こ、この女性が新商品？」

「はい。正確には、わが社でご紹介する女性と一緒に生活できるプラン、となります。お客様が選んだ女性とひとつ屋根の下で暮らせるのです」

「朝から晩まで、二十四時間ということかね」

「ご希望でしたら、時間帯指定も承りますが」

「あ、いや。朝八時から夕方五時までの勤めではないということだな。ううむ」

まさにスズキの理想とする女性が目の前にいて、彼女と共同生活ができるという。スズキの心は大きく揺らいだ。ただ、性格まで良いとは限らないし、費用のこともある。スズキは眉間《みけん》に大きく皺《しわ》を寄せて悩んだ。

と、そんなスズキを見かねて、フクダがひと言付け足した。

「こちらは新商品でございますから、まずは一か月間の無料お試しモニターをご提案するつもりだったのですが……」

「なに、無料モニターだと。それならいくらでも引き受けよう」

フクダの提案に、スズキは身を乗り出して即答した。利用するかしないか、試せるなら試してから決めればいいのだ。無料というならなおさらだ。

「左様《さよう》でございますか。ではこちらにプランの説明書きと、守っていただきたいお約束をいくつか記した書類がありますので、目を通していただいて……」

＊

早速次の日から、スズキと、レイとの共同生活が始まった。レイはとても気立てのいい女性で、家事の一切をそつなくこなし、また歳の離れたスズキともよく会話をした。同じマンションの住人から歳の差カップルと間違われるほど、仲睦《むつ》まじい二人だった。

普通に生活しているだけでも大いに満足するものだったが、隣に女性がいるとなると別の欲望も頭をもたげてくる。スズキはフクダに渡された書類をもう一度引っ張り出した。

「過剰な暴力をくわえたり、故意に傷つけたりしないこと。二週間に一度は休暇を与えること。他には――」

共同生活するにあたって、やってはいけないことの一覧が書かれた紙。スズキはそれを幾度も見返した。

「――やはり、夜の営《いとな》みが駄目だとはどこにも書かれていない」

スズキはレイとの共同生活を心ゆくまで楽しみ、瞬《また》く間に一か月が過ぎた。

「いや、すばらしい女性、すばらしいプランだ。気に入ったよ」

「ありがとうございます。わたくしどもも商品をお届けした甲斐がありました」

モニター期間の終了を告げにやってきたフクダを、スズキはとびきりの上機嫌で出迎えた。

「すぐにでも契約しよう。詳細を聞かせてくれ」

「わかりました。まず、契約は一か年からで、同じ女性と生活できるのは最大三年までとなっております。一か年でのご契約ですと、料金は五十万円。分割でも一括でも……」

「ご、五十万円？」

スズキはあまりの安さに驚嘆する。家事代行を半日も依頼するだけで一万前後はするものを、一年のほとんどを一緒に過ごして五十万はいくらなんでも安すぎる。

「あ、後で怖い人が怒鳴り込んできたりしないだろうな」

「ご心配なく。約束事さえ守っていただければ、快適な生活を保障いたしましょう」

相変わらずの笑みで言い切るフクダに、胸をなで下ろすスズキ。レイと最大三年しかいられないのは残念なものの、それならそれで下劣な欲望というやつもちゃっかり芽生えていた。

「よし。じゃあ三年の契約を、分割払いで。月々の支払いは……」

＊

「今度の新商品も、無事お客様をしあわせにできたようだ」

帰りの社用車の中、フクダは満足げにつぶやいた。

「わが社に黒魔術部門なるものが設置された時はどうなることかと思ったが、案外うまくやっているようだな」

商談が上手くいった時の独り言は、今や彼のクセの一つになっている。

「引き取り手のない死体をわが社で引き受け、使えるパーツを繋ぎ合わせて魂を吹き込む、か。二週に一度は点検が必要、老化しないからあまり長くは貸し出せない――とはいえ元手があまりかからないのは、やはりいいことだ。より安価でしあわせが提供できる」

フクダはひとしきり喋《しゃべ》り終えると、にわかに車のスピードを上げた。

「さあ、お客様にしあわせを届けるため、もっと頑張らなくては」

フクダの仕事はなくならない。誰かが、今日も不幸に泣いているから。

あ・い・し・た・い

放課後、ぼくは体育館の裏にいた。

「ぼくは……キミのことが好きだ。キミをずっと愛していたい」

ラブレターがわりのメモを机に忍ばせて相手を呼び出した、古典的でわかりやすい告白。

だが、状況は少しだけ普通と違っていた。

「ちょっと待ってよ。それ、人に刃物を向けながら言うセリフ⁉」

彼女はひどくおびえた様子で、足の先から頭のてっぺんまで震えている。

彼女の言う通り、ぼくは両手で小振りのナイフを握りしめて、彼女の前に立っていた。

告白にはいささか不似合いな道具だ。だけど、ぼくにとってはこれがいちばん自然な愛情表現の形なのだ。

「うん。先に謝っておくよ。……ごめん」

彼女にひと言ことわりを入れると、返答を待つこともせず、両手を一直線に――。

ぼくは、人を愛することができない。

いや人だけでなく、動物とか、一部の機械なんかも、同様に愛せない。

「早く学校に行きなさい」

「うん」

それは両親に対しても同じで、どうしても愛情とか親近感とかいうものは抱くことができなかった。朝の会話はたいてい一言ずつで終わり、夕方から夜にかけても似たような感じで終わる。ぼくももう中学生になったが、小学生になる少し前くらいから、ずっとそんな感じだ。

なぜ愛情を感じられないのかといえば、どうもぼくは『動くもの』が、その種類を問わずにひどく苦手なのだ。自分の意思通りにならないものが、自分の目の前で勝手に好き放題蠢《うごめ》く。ああ気持ち悪い気持ち悪い。

生きているならお前だって動いているじゃないか、と思われるかもしれないが、単純に言ってしまえば、ぼく自身は別にいいのだ。他人はダメ、自分は平気。そういうところはある種の潔癖症みたいなものだと考えてもらえればいい。

普段から愛想の欠片《かけら》もないものだから、日常生活ではごくあたりまえに嫌われ者だ。母はそれでも声をかけてくれるものの、父などはもはや息子の存在を頭から消し去っているのではないかというくらいに何も言ってこない。

ぼくにも感情そのものはあるので最初はそれなりに辛かった。しかし慣れてしまえばどうということもない。そもそもポジティブな方向に心を動かされる出来事がほぼないし、味気ない日々を淡白に過ごすうちに、クラスでの迷惑行為、いわゆる『いじめ』らしきものも自然と収まってしまった。やっても無駄だということを悟ったのだろう。おかげで気持ち悪い動きや気色悪い表情の変化を目の当たりにせずに済み、個人的には大変助かっている。

目に入る大抵のものは動いているので嫌いだ。そのせいで人生はとても楽しくない。それでも夢中になれるものはあって、それは言ってしまえば『動かないもの』だ。建物、陶器、幾何学《きかがく》模様、模型なんかがそれにあたる。動かないものを見ているだけで心が安らぎ、目の前のものに何時間でも視線を注いでいられる。ぼくにとって、動かないものはそれだけで美しい。

日中はこみ上げる吐き気を必死で我慢し、家に帰ってから好きなオブジェを心ゆくまで眺める。そんな生活を送っていたぼくに、あるとき衝撃的な出来事が起こった。

恋をしてしまったのだ。

きっかけは本当に些細で、怖いと評判の先生が熱弁を振るう、とある授業中のことだった。怒られるのが嫌で、誰もがじっと静かに授業を受けるその時間。ふとよそ見をしたぼくは——見てしまった。

真っ直ぐ先生の方を向き、微動だにせず授業に集中する彼女の横顔を。

間違いなく人間でありながら、作りものかと思うくらい動きのない彼女。端正な顔立ちはまさに芸術品と呼ぶにふさわしい。一瞬のうちにぼくの胸にえもいわれぬ感覚が湧き上がり、これが恋だと理解するのに少しばかりの時間を要してしまった。だってそうだろう、動いている彼女には何ら興味がなかったのだから。

厳密に言えば、息をしているからわずかには動いている。しかしそんな些細なことを忘れさせてくれるほど、彼女の静止した姿は美しかった。

ぼくは生まれて初めて人間を好きになり、真剣に誰かを愛したいと感じた。傍にいるだけで不思議に心躍り、頭の中がその人でいっぱいになる。ドラマかマンガのつくりごとでしかなかったその感情は、本当に新鮮で、尊いものだった。これまで、自分の中には存在しえないものだと思っていたから。

けれどやはり授業が終わると彼女はまた動きだすわけで、それはちょっといただけない。愛されないのには慣れている。だけど、ぼくは彼女を愛したい。そのためには、彼女にはずっと止まったままでいてもらわなくてはならない……。

数か月間におよぶ煩悶《はんもん》の末、ついに行動に出ることにした。思いの丈《たけ》を伝えるとともに、彼女を永遠に止めてしまうことにしたのだ。

ネット通販で買ったナイフを隠し持ち、彼女の机にありきたりな文面のメモを忍ばせ
――放課後、ぼくは体育館の裏にいた。そして。

彼女にひと言ことわりを入れると、返答を待つこともせず、両手を一直線に突き出した。彼女の喉笛をナイフが貫き、鮮血が迸《ほとばし》る。彼女は叫びの一つも上げない。声を出せないのだ。かわりに体中を痙攣《けいれん》させて、それもすぐに収まった。

ぼくはより美しい姿になった彼女を抱きとめた。血に塗《まみ》れ、喉からナイフを生やしていても、やはり動かない彼女は美しいのだ。少なくとも、ぼくにとっては。

目につきにくい体育館の裏で、冬の暗がりの中とはいえ、誰かが異変に気づくだろう。すぐに捕まるのは目に見えている。だから、せめてその前に。

ぼくは物言わぬ彼女に、そっと顔を近づけた。まだほんのりと温かい唇に、自分の唇を重ねる。

ファーストキスは、血の味と死の香り。

ぼくは初めて人を好きになった。

でも結局、愛せたのは死体だった。

ぼくは、人を愛することができない。

長いお休み

切り忘れたアラームが小さな部屋に早すぎる朝を告げて、男はベッドからのそりと身を起こした。

「しまった、もうちょっと寝たかったのに」

今日は男にとって久々の休日だった。たまの休日くらいはゆっくり寝てやろうと意気込んでいたが、目覚ましを切る習慣などないものだから、ついいつもの調子で起こされてしまったのだ。

しかも残念なことに、体はすっかり早起きに慣れきっていて、とても二度寝ができそうではない。

「いや、でも、明日からはまた激務をこなさないといけない。貴重な休日を浪費せずに済んだと思えばいいか」

すでに目の冴えきったものは仕方がない。男は三文の得だと思うことにして、休日を満喫することにした。

満喫、したかったのだが。

「ううむ、休日は休日で用事が溜まりすぎていて、とても休むどころではないぞ」

掃除、洗濯、つい溜めこんだ洗い物からゴミの片付けといった家事一般、それに食料品や消耗品の買い出し、諸々の支払いなど、やらなくてはならないことが多くあった。それらを順にこなしていくうちに、みるみるうちに休日が終わりに近づいていく。

結局、男が一息ついたと思った頃にはもう午後九時を回っていた。

明日の朝も早い。残された時間では、せいぜい風呂に入って軽く晩酌するのが関の山だ。とても充実した休日とは言い難かった。

「ああ、休日がずっと続けばいいのになあ」

男がぽつりと漏らした瞬間だった。

部屋中に光が閃《ひらめ》いたかと思うと、目の前に見知らぬ老人が立っていたのだ。

「私は時の神。お前の願いを叶えてやることができるが、どうだ？」

あんぐりと口を開ける男に、老人はそう告げた。男は気が動転しそうになりながらも、声を絞り出す。

「トキノカミ？　時間の神さまですか？」

「その通りだ。実はお前と同じような願いを持つものは増え続けていて、お前でちょうど五億人目だ。そこで私は、お前の、ひいては人々の願いを叶えるため、ここにやってきた」

「まさか、そんな」

自分を神さまだと称するなんて明らかに怪しいが、誰もいなかったところに忽然《こつぜん》と現れたのも事実である。

男は少し迷って、老人の言葉を信じることにした。叶わなくて当たり前、叶ってしまえば儲けものだ。

「……では、私の願いを叶えてください。しばらくの間、終わらない休日がほしいのです」

「わかった。ただし準備に時間がかかるので、二週間待ってもらおう」

「二週間！　いやしかし、二週間後というと大晦日《おおみそか》ですね。ぼくの会社も年末年始にはどこか一日ですが休みをくれます。今回はちょうど、大晦日がその休日にあたるのです」

用事に追われることなく、年の瀬と、ついでに年明けをゆっくりと過ごせる。それだけでも男にとってはありがたいことだ。しかも溜まったあれこれは続く休みのうちに少しずつ片付けていける。いいことずくめのように思えた。

「よし。では二週間後を楽しみにしているがよい」

老人はそれだけ言い残すと、また光とともに男の前から姿を消した。

＊

朝、男は久方ぶりの静けさの中で目を覚ました。今度は忘れずにアラームを切っておいたから、無理に起こされることもなかった。

今日は待ちに待っていた大晦日、つまりは休日だ。

「あの老人の言葉が本当なら、今日からしばらく休みが続くはずだ」

普段と同じように休みなく働いた二週間、あの怪しい願掛けにすがりたくなる程度には、男は疲れていた。

しばらくの間、とは言ったが、具体的にはどのくらいだろう。一週間か十日、あるいは一か月、いや一年？

会社から、休暇がもらえるなどという連絡は特にないままだった。楽しみにしているがよい――トキノカミとかいう老人の言葉を、ただただ反芻《はんすう》するばかりだ。

実際には願いなど叶わないつもりで覚悟している。それでも、やらなくてはならないことを後回しにして、やりたいことができるのだ、と考えていられるのはそれなりに幸せだった。

「今日は何をしようか。色々ありすぎて悩んでしまうな」

スポーツ、読書、ショッピングに映画。欲しいものも見たいものも行きたいところも多くあった。幸いと言っていいものか、長すぎる労働時間のおかげで金は潤沢《じゅんたく》だ。

「そうだな、まだ体が疲れているし、うちでのんびりとできることにしよう」

男はその日一日家にこもって、本を読んだり音楽を聞いたりしながら過ごした。好きなことをしている時間はあっという間に過ぎ、気づいたときには外は暗くなっていた。

このまま夜更かししてみてもよかったが、やはり願い叶わず残念な現実に見舞われるとなると辛い。男は眠気に身を任せることにした。

「明日になってみれば、わかることだろう」

にわかに不安を覚えながらも、男が深い眠りにつくのに時間はかからなかった。

朝、男は久方ぶりの静けさの中で目を覚ました。今度は忘れずにアラームを切っておいたから、無理に起こされることもなかった。

今日は待ちに待っていた大晦日、つまりは休日だ。

「あの老人の言葉が本当なら、今日からしばらく休みが続くはずだ」

普段と同じように休みなく働いた二週間、あの怪しい願掛けにすがりたくなる程度には、男は疲れていた。

しばらくの間、とは言ったが、具体的にはどのくらいだろう。一週間か十日、あるいは一か月、いや一年？

会社から、休暇がもらえるなどという連絡は特にないままだった。楽しみにしているがよい――トキノカミとかいう老人の言葉を、ただただ反芻するばかりだ。

実際には願いなど叶わないつもりで覚悟している。それでも、やらなくてはならないことを後回しにして、やりたいことができるのだ、と考えていられるのはそれなりに幸せだった。

「今日は何をしようか。色々ありすぎて悩んでしまうな」

スポーツ、読書、ショッピングに映画。欲しいものも見たいものも行きたいところも多くあった。幸いと言っていいものか、長すぎる労働時間のおかげで金は潤沢だ。

「そうだな、まだ体が疲れているし、うちでのんびりとできることにしよう」

男はその日一日家にこもって、本を読んだり音楽を聞いたりしながら過ごした。好きなことをしている時間はあっという間に過ぎ、気づいたときには外は暗くなっていた。

このまま夜更かししてみてもよかったが、やはり願い叶わず残念な現実に見舞われるとなると辛い。男は眠気に身を任せることにした。

「明日になってみれば、わかることだろう」

にわかに不安を覚えながらも、男が深い眠りにつくのに時間はかからなかった。

朝、男は久方ぶりの静けさの中で目を覚ました。今度は忘れずにアラームを切っておいたから、無理に起こされることもなかった。

今日は待ちに待っていた大晦日、つまりは……。

*

「どうやら、うまくいったようじゃ」

老人——時の神さまは、同じ年の大晦日を何度も繰り返す男を眺めながら、自分の部屋でくつろいでいた。

部屋といっても広大なスペースを適当に四角く仕切っただけのもので、家具の類《たぐい》などはない。それでも、そうと定めた場所でぼんやりとしていられること自体が、今の時の神には幸せだった。

彼は、時間を作ったはいいが、正しい流れを管理するためにこれまで働きづめだったのである。

「こんなに気が楽なのは四十六億年、いや百三十八億年ぶりか。もはや勝手に時間を止めるわけにもいかんかったし、曲がりなりにも人間の願いを叶える形にできてよかったわい」

未来へと進んでいる状態だと不確定要素も出てくるが、決まった一日を繰り返すだけなら眺めているだけで充分だった。年の瀬ならおおむね平穏に過ぎるだろうとも踏んでのことだった。

「ようやっと休めるわい。そうさな、五百年から一千年分くらい、ゆっくりさせてもらおうか……」

コレクター

ある晩、二人の男が酒を酌《く》み交わしていた。

「しかし、よくこれだけ集めたなあ」

そのうちのひとりが、感嘆とともにぐるりと部屋の中を見回す。その部屋には、数多くのフィギュアがところ狭しと飾られていた。主に合成樹脂を材料にして作られる、アニメや映画のキャラクターをかたどった人形だ。

「まあな、ここまで来るのには苦労したよ」

「今や一流企業の若手社長だもんな。だが隼人、好きなだけ趣味に没頭できても、ちゃんと理解してくれる人間は、周りにまだ少ないんじゃないか」

「ああ。だからこうして趣味でちゃんと語り合える人間は浩一、君くらいのものだよ」

ホームバーを併設した、広々とした――今や多すぎる収集品で手狭となってきている――コレクション・ルーム。社長にまで登りつめた隼人が富を惜しみなくつぎ込んだ、自慢の一室だった。たまの休み、集めたフィギュアを眺めながらゆっくりと酒を嗜《たしな》むのが隼人の悦《よろこ》びだった。

「自宅にホームバーってだけで豪勢なのに、その部屋をフィギュア専用にしちまうとはね。もっと客に見せびらかしてもいいだろ？」

「ハハハ。なかなかそうできないのがわかってるくせに、よく言うよ」

悪戯っぽく問う浩一を隼人が笑い飛ばす。と、ほどなく浩一も顔を緩め、笑い声がこだました。

「特に妻には見せられんなあ」

「やっぱりねェ。だからオレ以外のやつに見せないんだろ」

ひと口にフィギュアといっても様々あり、小さいものにも大きいものにも、海外のいかついものから日本の美少女ものにまで、隼人は目についたあらゆる種類のそれらに手を出していた。そうして収集してきた中には、人様にはとても見せられない、いかがわしいポーズや造形のものもまた、多分に含まれていたのである。

その点、昔からの友人で同じ趣味を持つ浩一なら変な目で見られることもなく、むしろ興味を持つはず――と、隼人は今回、浩一を家に招いたのだ。

時間とともに酒が進んで、さらに話は弾む。

「でも隼人、これだけ集めても、まだまだ集めるつもりなんだろ」

「それなんだがな。実は最近、もっと大きなものに目を向けてみたんだ。いや、集めるのに変わりはないんだが」

「大きなものだって？」

少しばかりもったいぶってみる隼人。想像の通り、浩一の目が輝きを増した。

「フィギュアより大きくて、集めるもの……金の問題もないとなれば、まさか、ドールか！」

「まあ、そんなようなものさ。そのために倉庫も用意したしな」

「かーっ。金持ちはやることが違うねェ」

ドール――本格的な『お人形』だと、安価なもので一体数万、高価なものならさらに桁が一つ増える。造形、メイク、衣装など、値段に見合うだけの美しさが備わっているとはいえ、生活によほどの余裕がなければ手を出しにくい額だ。呆《あき》れ半分、羨望半分の声をあげて浩一はグラスをあおる。空になったグラスを大げさにバーカウンターに打ちつけると、何かに気づいたように口の端《はし》を吊り上げた。

「なるほど。久々にオレを呼んだってことは、当然その倉庫とやらに案内してくれるってわけだな」

「もちろん、そのつもりだ」

隼人は満面の笑みで浩一の言葉を肯定する。しかし、すぐにというわけでなく、隼人の手には新たなワインの瓶が握られていた。

「だが、せっかくこうして会ったんだ。お楽しみは後にとっておいて、目いっぱい飲もうじゃないか?」

「へへ、それもそうだ。オレの家じゃあ安酒しか出てこないしな、いただくぜ」

こうして酒盛りは夜遅くまで続き、カウンターの上には大小さまざまな瓶が並んでいた。これだけでもちょっとしたコレクションだ。

「ちょっと、トイレを借りるぜ」

「ああ。部屋を出てまっすぐ行けばいい」

トイレへ向かう浩一を肩越しに見送り、隼人はひとつ、大きな息を吐いた。二人で酒の瓶を三、四本は空けたろうか。隼人自身、ここまで酒を飲んだのは久々だった。

「これで最後にするかな」

お互い、グラスは空いている。隼人は瓶にわずかに残った琥珀《こはく》色の液体を自分のグラスに注ぎ、浩一のグラスには別の瓶から無色の液体を注いだ。

「おっと。社長につがせちまったか、悪ィね」

浩一がトイレから戻ると、二人は小さくグラスを鳴らし、中身を飲み干した。今日のところはこれで打ち止め、そういう合図だ。

「それじゃあ、倉庫に案内しよう」

「あァ。しかしちと酔いが回りすぎたぜ。眠くなってきちまったァ」

すでに呂律《ろれつ》の回らなくなってきている浩一に、隼人は苦笑した。

「安心しろ、ちゃんと部屋の用意をしてある」

隼人は二時間程度仮眠をとり、酔いも落ち着いたところで浩一を例の倉庫へと連れていった。自宅からやや離された、一見すると何の変哲もない小屋だ。中も特に変わったところはない。

「さあ、ここだ」

しかし、隼人が壁の隠しパネルを操作すると、部屋そのものがエレベーターとなって地下へと降りていく。降りた先、エレベーターの扉が開いた先に、今度こそ倉庫と言って差し支えない、物々しい金属扉が現れた。

暗証番号、指紋認証、虹彩認証といった厳重なロックが施された扉を開くと、隼人はとてもうれしそうに言った。

「準備は万端だ。今日からここがお前の部屋になるんだぜ、浩一」

空調で低温に維持された、広すぎるほど広い倉庫。中には、この世で最も精巧な『人形』が保管されていた。

老若男女を問わず、お気に入りを見つけては手段を選ばず収集して、隼人はすでに数十体の『人形』を手に入れていた。時おり明るみに出る都合の悪い事実は、好事家の『知り合い』たちがもみ消してくれる。強大な権力を持つ輩《やから》に取り入るのは、さして難しいことではなかった。珍しいものを見せると一声かければいいのだ。

「どうだ、美しいだろう。やはり模造品は本物には敵《かな》わない。この本物の造形の美しさを理解できるのは浩一、君くらいのものだろうさ」

隼人の肩に担がれた浩一は――先刻まで浩一であったものは、何の反応も示さない。

「……まあ、すでに何も聞こえないか」

酒に見せかけて飲ませた、夢見るように死ねる毒薬。かつての友へのささやかな餞《はなむけ》だった。

隼人は用意してあった特注の台座に、物言わぬ浩一を飾りつける。

「よし。今日は君が私のコレクションに加わった、記念すべき日だ！」

欲しいものをまた一つ手に入れ、隼人は喜びを露《あら》わにする。

だが、コレクターの欲望に果てはない。

彼は携帯を取り出すと、おもむろに連絡先の一覧を眺め始めた。

「さあ、次にコレクションに加わってもらうのは誰がいいかな……」

信じない男

ある日のことだ。

その男は、両手に新聞紙を広げ持ったまま両の目を見開いた。

「宝くじが当たっている」

男は何度も、新聞に載っている宝くじの当せん番号と手元のくじとを確認した。

額面は、一億円。

数桁の数字の羅列を穴の開くほど見つめ、左から右に追い、また右から左にも追う。男は新聞を読み始めて、もう二時間近くはそんな作業を続けていた。

郊外の一軒家に一人で住んでいるその男は、付近の住人のあいだでは『疑り深く、簡単に物事を信用しない人』として有名だった。男は一日のほとんどを家から出ずに過ごし、たまに外出したかと思えば、顔を合わせた人すべて、誰も彼もまず疑ってかかる。

褒められる点が誰の目にも映らないまま日々が積み重なり、男が疑り深いということだけは誰もが知るところとなっていた。

家族も友人もいない男がささやかな楽しみとして買っていたのが宝くじだ。これまでの収支でいえば明らかなマイナス、しかし数字は嘘をつかない。当たり外れがはっきりしていて、疑いようのないところが気に入っていた。外れならそれで終わり、少額の当せんがあれば何度も番号を確認して、その度に小さい嬉しさを噛みしめていたのだった。

けれどもだ。それが一億という高額ともなると、話は変わってくる。

「よくできた冗談だろう、一億円などという大金、そうそう簡単に当たるはずがない」

少額だからこそ『誰にでもよくあること』で済んでいたのが、額面の大きさが男の疑心を駆り立てた。

数桁の数字の羅列を穴の開くほど見つめ、左から右に追い、また右から左にも追う。朝からそんなことばかりを繰り返していた。が、手元にあるくじの番号と新聞に載っている当せん番号とは、何十回何百回検《あらた》めてもぴたり一致している。男はとうとう当せんの事実を受け入れた。

「銀行に受け取りに行かなくては。しかし……」

男が普段あまり使わないインターネットで四苦八苦しつつ調べてみると、高額の場合は当日には受け取れない可能性があることや、口座への振り込みを勧められる場合があると知った。一億ともなれば札の圧迫感もかなりのものだろう、身分証明だけしてあとは勝手に振り込まれている、というのがもっとも楽なのはわかっている。

「だがやはり、実物を見てみないことには信用できない」

数字は嘘をつかない。しかし一億だ。通帳の数字だけがぽんと増えて、あなたは今日から億万長者ですと言われても、どうにもしっくりこない。

男は旅行用に買っておいた大きめのアタッシュケースを持ち出して、一億円を現金で受け取ることにした。十日が過ぎて男は当せん金を全額受け取ったが、男に新たな疑心が湧き起こった。

「一億円ということは一万円札が一万枚か。全額受け取ったはずとはいえ枚数が枚数だ、果たしてちゃんと一万枚揃っているのだろうか」

男はその日から万札の枚数を数え始めた。といっても生活時間の全てをそれには充《あ》てられない。仕事も続けていたので、夕方過ぎから夜にかけてを主に使い、馬鹿が付くほど丁寧に数えた。特に疲れた日は作業を休んだりもしつつ、おおむねひと月をかけて、万札がきちんと一万枚、一億円分揃っているのを確認した。

しかしここで、男はまた別のことを疑い始めた。

「待てよ。本当にこんなうまい話があるのか？　額は揃っている、だが一万枚だぞ。そのうちのどれかが偽札という可能性も捨てきれない。一枚でもそんなものがまざっていたら、いざ使ったときに大変だ」

男は一度はしまい込んだ一億円分の札束をもう一度取り出して、さらに細かに調べることにした。記番号の重複はないか、印刷の色味はどうか、ホログラムやマイクロ文字はあるか……。

地道な作業だった。他の人から見ればまるで意味のない作業でも、男にとっては一つの重大な使命と同じだった。一枚一枚を丹念に丹念にチェックして、全ての作業が終わった頃には一億円を手にしてから一年が経過していた。

「ふうむ。どうやらこの一億円は完全に本物のようだ。当たったのもおれで間違いないらしい」

男はようやく認める気になりながらも、やはり不安を拭《ぬぐ》えない。

「だが、だがだぞ。実はこれが全て夢だったなどということも……」

その時だった。窓の外、庭の辺りで突然、閃光《せんこう》が迸った。

「一体何が起こったんだ」

男が慌てて庭へ出てみると、これまで見たこともない謎の物体が庭に鎮座していた。二メートルくらいの高さのある円柱で表面が金属によって覆われており、その一部に自分の身長と同じくらいの高さのドアだかシャッターだかのようなものがあるのがわかった。何かの乗り物だろうか？

やがて静かにそのシャッターが開き、人が歩み出てきた。男はその人物の顔を見るや、あっと声を上げた。

「お前、お前は……おれじゃないか⁉」

誰だ、と聞くまでもなかった。洗面所の鏡の前で何度となく目にしている自分の顔が、目の前にあった。

「いや、しかし、少し老けているように見える」

男が訝しげな表情をつくると、妙な乗り物から出てきた方の『男』が口を開いた。

「ご明察の通り、おれはお前だ。ただし、二十年後の未来から来た」

「未来からだって」

わけがわからなかった。出まかせだとしたって怪しすぎる。未来の自分が時間をさかのぼって過去の自分に会いに来る理由も、いまひとつ見えてこない。そこで、男の思考は例の一億円に行き当たった。

「まさか、一億円を奪いに来たのでは」

「いや、そうではない」

男の想像を、未来から来た方の男はすぐに否定した。

では、何をしに来たというのか。

「その一億円だが、この二十年間どうしても、心のどこかで夢ではなかったのかと思い続けてしまってな。過去の出来事が現実であったかどうかを確かめるために、一億円を元手にタイムマシンを造って、こうして過去へとやってきたのだ。完成に少し手間取ってしまったが」

「いくらなんでも、そんな」

「いや、お前はおれなのだ。だからわかるだろう、自分ならやりかねないと」

そんな風に言われると、男もそんな気がしてきてしまう。しかし男ははたと気づいた。

「待て。その話は、お前が本当に未来から来たおれだったなら、ということだろう。そんな話、信じられるわけがない」

本人を目の前に、いけしゃあしゃあと同一人物だと称するやつなど、騙《かた》りに決まっている。この世には少なくとも三人は似た顔の人間がいるというではないか。

「むう、自分のこととはいえ、ここまで疑問を抱かれるとは……いや、だが」

未来から来たという男は途中までは困った顔をしていたが、一旦言葉を切って、今度は首を傾《かし》げたりなどする。

「おれは、確かに過去の自分と会って話をしていると思っていたが、そういえばおれの方の『未来の自分と話した記憶』とは、若干違っているような気もしないではない……」

未来から来た男までもが、自分の考えを疑いだしていた。

「それ見たことか。お前こそおれを自分自身だと信じられていないではないか。このまま話してもお互いに時間の無駄だ、帰ってくれないか」

「むう、こうなっては仕方がない」

男が語気を強めると、もう一人の男はタイムマシンと称する装置とともに、光の彼方へと消えた。

「タイムマシンか」

実に不快な来訪者だった。が、タイムマシンの存在そのものは妙に男の関心を引いた。突然に現れて実際に目の前で消えたとあれば、ある程度は信じざるを得ない。

「この一億円、それに当せんに関わる出来事が夢か真実か、タイムマシンがあればより確実に調査・確認することができるぞ……」

特徴のないぼくと魔法のランプ

ぼくには長所がない。

だから、もうそろそろ生きるのを諦《あきら》めたい。

ココロの中では常日頃からそう思っているものの、いざ、となるとなかなか思い切った死を遂げることもできず、殺風景な部屋の中で意味もなく寿命を浪費するだけの毎日が続いていた。

人間とは勝手なもので、死を望み、日々の大半をゆるやかな自殺に充てながらも、時おりそれに『飽きる』場合がある。ぼくはそんな時、近所の古道具屋に出向いて、色褪《あ》せたガラクタを心ゆくまで眺めることにしていた。ホコリをかぶったガラクタは誰にも必要とされていない自分自身とよく似ている気がして、目を逸《そ》らすのが申し訳なく感じるのだ。

とある日、またそうやって古道具屋の隅でガラクタの群れを眺めていたときのことだ。不意に、ある品物がぼくの興味を引いた。

「ランプだ」

正式な名前は知らない。ランプといっても洋灯の類ではなく、こすると魔神が出てきそうな、かわった急須のような形のランプだ。

ぼくは店の隅のテーブルの、そのまた隅っこに追いやられていたそのランプからついに目を離せず、古道具屋で初めての買い物をした。ずいぶん長いあいだ放っておかれたのか、ひどく安い値で売られていたせいもあった。

殺風景な部屋には決して似合わない代物で、違和感の度合いはいつから壁に掛けられているかわからないハト時計といい勝負だ。買い物を後悔しているわけではない。あると落ち着く、そういうものが、誰にもひとつくらいあるのではないだろうか。

置いてあるだけでも満足だけれど、形が形だけに、なんとなくランプをこすってみたい衝動に駆られた。いわゆる『魔法のランプ』に似たような形のランプがあれば、一度はそういうお遊びに興じてみたいとも思ってしまう。自分にそういったささやかな茶目っ気が残っているのにも驚いたが、もっと驚いたのはそれが単なるお遊びでは終わらなかったことだ。

「わたしはランプの精。あなたの願いを叶えるものです」

ランプをこすると、まさにどこかの物語よろしく、ランプの精を自称する老人が現れたのである。見た目は魔人や精霊というより、襤褸《ぼろ》をまとった仙人を思わせる。が、ランプから出てきたのだから、まちがいなくランプの精なのだろう。

願いを叶える、と言われて、ぼくは少々言葉に詰まった。

ついさっきまで死を望んでいたのは紛《まぎ》れもない事実である。ただ、それは現在までの自分が世の中にユメもキボウも見出せないからであって、叶える願いによってはそんな後ろ向きな願望を持たなくてもよくなる可能性がある。

とは言うものの、具体的な願い事はいまひとつ浮かんでこない。無味な日々を生きるのに慣れて、自分にとって幸せとは何だったかなどと、とうに思い出せなくなっていた。

ぼくはほとんど使うことのなかった頭を懸命に回転させると、こんな願い事をしてみた。

「そうだなあ。ぼくが不幸にならないようにしてくれよ」

とびきりの幸福は感じられないかもしれない。けれど、自分の不幸不運を呪《のろ》うことがなければ、もう少し前向きな人生が送れるのではないだろうか。そんな風に考えた。

するとどうだろう。ランプの精は確かに願いを叶え始めた。ぼくの想像していたのとは、まったく違う方法で。

「承知しました。ではまず、腕と足とをもいでしまいます」

ぼくは耳を疑った。嫌だという暇はなかった。

ランプの精がひょいと指を動かしたかと思うと、視界が突然、床に近くなった。不思議と痛みはない。けれど、身動きは、とれない。

「な、なぜ」

「動く手足があるから未知の可能性や場所に憧れ、そして無力を思い知って絶望するのです。ならばそれをなくしてしまえば、余計な希望を持つこともありますまい」

ランプの精はまだやることがあるらしく、ぼくに指を突きつけたままでいる。

「では、つぎは耳を聞こえなくしてあげましょう」

先ほどと同じにランプの精が指を動かすと、たちどころに聴力が失われた。もともと時計の針の音くらいしかしない部屋だったが、今はもうそれさえ聞こえない。

なぜ。

ぼくはそう聞き返した、と思う。

自分の声が聞こえないと、自分が本当にそう喋れたのかも定かではなくなった。

「耳が聞こえなければ、あなたを貶《おとし》め傷つける人の声は聞こえますまい。罵詈雑言《ばりぞうごん》に心痛めることはなくなります」

耳は聞こえないのに、ランプの精の声は頭に直接、はっきりと響いてくる。相手が人間でないから成せる業《わざ》、ということか。いやしかし、そんなことはどうでもいい。

「ではつぎに、目をつぶすといたしましょう」

抗議の声を上げたいのはやまやまであっても、人前で喋るなどはるか昔にやめてしまった喉は大声の出し方を忘れていた。胴体と頭だけの体でもがくぼくに、ランプの精はまた指を突きつける。ぼくが見た最後の光景は、老人が自分を指さすさまという、何とも味気ないものになってしまった。

なぜ。

「目が見えなければ、他人の様子を見てありもしない悪意を想像したりなど、しないでしょう。被害妄想に悩まなくてもよくなります」

ぼくにはもう、部屋で何が起こっているのか知るすべはなかった。やがて声も奪われたようで、喉を震わせるのを諦め、思念で会話を試みた。

なぜ。

「声が出なければ、存在に気づかれずいられるでしょう。面白半分にあなたに触れるものも、また恐怖のあまりあなたを殺害するものもいなくなります」

ぼくはあらゆるものを失ったように思えたが、まだなんとなくランプの精の『気配』がそこに残っているのに気づいた。まだやることが残っているらしい。

これ以上、何を無くそうというんだい。

「最後に、脳を破壊してあげましょう」

脳をだって。

「はい。理性と知性をなくし、心を消し去れば、不幸を感じることも、不幸に思い悩むこともなくなります。あなたから不幸という概念は完全に消え去るのです」

じゃあ、はじめからそうしてくれればよかったのに。

「人間はあんがい強靭《きょうじん》なものなのです。ほんの少しでも自分を取り戻す可能性を残してしまえば、それはあなたの願いを完全に叶えたことにはなりません」

ぼくは不思議と納得した。確かに何も感じなければ、不幸ではない。手足をもがれた瞬間は焦りもしたけれど、もともと特徴のないぼくから何が失われたところで、嘆くだけの価値もなかろう。

『ある』と落ち着く、そういうものがあるように、『ない』と落ち着く、そういうものもあるのだろう。これからはもう、何も気にしないでもいい。劣等感も罪悪感も悲しさも切なさも。古道具屋のガラクタと、同じように。

ぼくの心は今ようやく澄み渡ったのかもしれなかった。こせこせと揺れたりもせず、凪のように落ち着いている。

そのうち、頭の中にまたランプの精の声が響いた。

「では、いきますぞ」

そしてこれまでと同じように、指を突きつけたのだと思う。

「願いはかなえられた。では、さらばじゃ」

ねがいはかなえられた。

ねがいはか……ねが？　かなられ？

ネガ、イカナ――え……？？

え？　た。

……。

？

人生交換所

その奇妙な店は、看板も暖簾《のれん》も、名前のわかるものを何一つ出していなかった。

たった一言『営業中』とだけ書かれた藁半紙《わらばんし》が、店先に貼られているだけだった。

「店？　こんなところに……気になるな。古道具屋か何かか」

たまたま通りかかった——普段はまず立ち入ることのない、路地裏でのことである。古めかしい建物が小ぢんまりと肩を寄せ合う中にその店を見つけ、彼はふと足を止めた。

木造平屋、昭和の面影を色濃く残す木とガラスの引き戸。他の建物と比べてもより古く、そして怪しい。きっと素通りしてしまうのがいちばんなのだろう。しかし彼はどうしてか立ち去ることができず、その場を二度三度とうろつくと、ついに引き戸に手を伸ばした。

正面扉らしいそれに、鍵はかかっていなかった。

「まいったな、外見以上に不気味だぞ」

中は暗かった。天井の蛍光灯は半分くらい間引かれており、残ったうちのいくつかも明滅している。その弱い光は、わだかまる暗闇を払えず喘《あえ》いでいるようにさえ見えた。腰くらいの高さのガラスケースがいくつか置かれていて、微光に照らされた商品らしきものが、やけに濃い陰影を伴って浮かび上がっていた。

これは――壺《つぼ》か。でも値札がない。

ガラスケースには様々な色や形をした壺がいくつか並び、すべてが覆い布で蓋をされていた。手のひらに載りそうなサイズのものばかりだが、見た目によらず高価な品なのかもしれない。

彼はなおも値札を探してみたが結局それらしいものはなく、『三年』とか『五年』とか、何やら年数の書かれた紙切れがあった。

もしや売り物は壺そのものではなく、中身ということか。

「おや、何かお探しかね」

目の前のモノに俄《にわ》かに興味を惹かれた、その時。

横手からしわがれた声が響いて、彼は一歩後ずさった。慌ててそちらに振り向き、小さく悲鳴を上げそうになったところで、ようやく声の主が人間だと気づいた。

「あ、あなたがこの店の主人？」

いつの間に近づいたのか、彼の隣に小柄な老婆が立っていた。もともとの背の低さに加えて腰も曲がっていて、頭が彼の腹の高さのところにある。老婆は開いているのかいないのか、いや皺か目なのかもわからないくらいに細い目で、どうやら彼を見据えているらしかった。

「ここは一体、何を扱っている店なんですか」

相手が妖怪《ようかい》や幽霊《ゆうれい》の類ではないとわかったところで、彼は聞いた。きっと珍しいものには違いあるまい――そのくらいの想像はしていたが、老婆の答えは彼の想像など及びもつかないものだった。

「人生じゃよ。人間の一生のほんの一部……じゃ」

「人生⁉」

目を丸くする彼に、老婆は続ける。

「他人の人生を生きてみたいと願う客から、以後数年の人生を買い取る。それと引き換えに、同じ年数分の『他人の人生』を売る。自分の人生を手放した分を他人の人生で埋める、いわば『人生交換所』じゃ」

彼は言葉を失くし、茫然としていた。普通なら鼻で笑って終わる話が、老婆の奇妙な迫力のせいでがぜん真実味を帯びて聞こえる。

「では、この壺の中身はまさか」

「うむ。これまでにあたしが買い取り、まだ売れていない『人生』じゃ」

ついさっきまで疑問だった年数の書かれた紙切れは、つまりそういうことなのだろう。

老婆の言葉を信じるなら、壺の中には紙に書かれた年数分の『人生』がつまっているのだ。

「お金では買えないんですか?」

「悪人も善人も、富めるも貧しきも命そのものの価値はおんなじじゃ。金には代えられん。じゃから、ぴったり同じだけの自分の人生と、交換になるんじゃよ」

客の中にはちょっとした心付けを施してくれるものもおるがの、と老婆は付け加えた。

どうやら笑っているらしかった。

「人生を交換か、物好きもいるものだ」

とはいえ、ガラスケースにはそれなりの数の壺が並んでいる。それだけ多くの人間がこの店を利用しているということだ。となると、『商品の質』というものにも、少なからず興味が湧いた。

「気になっておるようじゃのう」

視線の動きを悟られたか、でなければ心を読まれたかのようなタイミングだ。彼は否定を口にするつもりでいたが、この老婆相手に隠し事は不可能のように思われた。ほかに言葉を遮るだけの理由も、なかった。

「辛い現実から逃げたくて店に来る客もおる。あるいは、今は何不自由ない人生を送っておっても、昔の苦労を忘れぬようにとあえて交換に来る客もおる。苦であれ楽であれ、手放すものがおるということじゃな」

「辛い現実から逃《のが》れる、か」

自分の人生が仮に辛く苦しく、救いのないものであれば――そのうちのいくらかだけでも、幸せな他人のそれと取り換えてしまいたくなるだろうが。

「話はわかったよ。しかし、今の僕には売る必要も買う必要もないようだ」

今の彼は一流企業に勤めるサラリーマンで、家族も家も貯金もある。特にそれ以上の幸せを望んでいないし、進んで苦労を味わいたいとももちろん思わない。結局のところ自分には関係ない店、そう思われた。

「ま、人間、都合の悪いことは忘れておいた方が幸せなもんじゃ」

「その通りです。幸福な時間を投げ出してまで苦労を思い出すなんて」

「……おやおや。お前さん、何か勘違いしておるようじゃな」

老婆は嗤《わら》っているらしかった。

「どうやら、本当にすっかり忘れておるようじゃの」

「な、何のことです?」

彼の背筋をうすら寒いものが走った。自分は一体何を忘れ、勘違いしているというのか。

「あたしは商売柄、客の顔は一度見たら忘れんでの。売っていった客も、買っていった客もじゃ」

老婆は開いているのかいないのかわからない細い眼で、彼を、彼の真実を見抜いていた。

「一流企業のサラリーマン——そんな男が人生を売りに来たのが確か五年ほど前じゃったか。その人生はあたしが買い取ったそばから売れちまってな」

「……⁉」

「そいつを買っていったのは、カネも行くあてもなしに、どうにか死なずにいただけの薄汚い若者じゃった。惨《みじ》めなまんま生きるか、でなけりゃ死ぬか……不幸を絵に描いたみたいな男じゃ。五年くらい経とうが何も変わりそうにない、な」

老婆の言葉は彼の不安をかき立てた。自分の『今の』人生は、まさか！

「お前さんは、今日ここに立ち寄ったのが『偶然』じゃと思っとるようじゃが、そんなことはない」

「い、いやだ。やめろ、それ以上言うな」

「今日が最後の日なんじゃよ、お前さんが自分のと交換で手に入れた、今のその人生はな」

彼は逃げ出そうともがいたが、脚は鉛《なまり》のように重く、身動きが取れなかった。

「そろそろ心の準備はできたかの。もとの惨めな人生を、惨めなままおくる準備は」

あたしの勘はよく当たるんじゃ——老婆が最後に放った言葉が、彼の頭の中を巡り続けた。

電子の亡霊

生まれて初めて、女の子に告白されてしまった。
先週行われた、某ＳＮＳの『友人』たちとのオフ会でのこと。そのメンバーの一人が、ぼくに思いを告げてきたのだ。ずっと前から好きでした、と。
男なら誰でもそれなりに舞い上がる、稀有《けう》な展開。けれど。

ごめん。君の気持ちには、応《こた》えられない。

——結局、ぼくはその人を振ってしまった。

彼女のハンドルネームは『綺羅』といった。普段のやり取りで、お互いに性格はよく知っているし、友達としてならこれといった不満はない。ではなぜぼくは綺羅を振ったのか――。

いろいろと言い訳を考えることはできる。だがあえて本音を語らせてもらうならば、彼女はお世辞にも『かわいい』と言えるタイプではなかったからだ。たぶん、その場にいた他の男性陣とも意見は一致するだろう。

手入れされていないのを無理矢理まとめたようなぼさぼさの髪に分厚い眼鏡をかけ、飾り気のないくたびれた衣服で背を丸めて歩く姿は痛々しささえ漂わせていた。要は女性としての魅力があまり感じられなかったのだ。

とはいえ、ぼく自身ひと様を非難できるだけの見た目かといえば、そこまで自信があるわけではない。身長も低いし、服など数年に一度くらいしか買わないから、オフ会の数週間前からどうしたものかと頭を悩ませていたくらいだ。もちろん、女性とお付き合いなどしたことはない。

そんなぼくでも、初めての交際、初めての彼女というものには、やっぱり夢を見たいのだ。一緒に並んで歩くなら、それはかわいい人の方がいいじゃないか。

というわけで、綺羅とはしばらく気まずい日々が続くんだろうな、とか思いながら今に至るのだが……。

普通のまま続くはずだった日常は、ある瞬間を境に大きく変わってしまった。例のSNSにいつも通り投稿した何の変哲もないつぶやき、それに寄せられた、ひとつのコメントによって。

〈TAKA：綺羅、死んだって〉

〈リュート：死んだ？　ウソだろ？〉

コメントをつけたTAKAという人物はこの間のオフ会にも参加していた男性で、リュートというのがぼくだ。

オフ会からの流れで、ぼくはきっと仲間内でのたちの悪い冗談だと、真に受けずに短いコメントを返しただけだった。——が。

〈TAKA：ほんとに知らないのか？　プロフィールページに親御《おやご》さんの書き込みがある、見てみろよ〉

どうやら冗談でも悪ふざけでもなく、事実のようだ。普段なら元のつぶやきに関係ないコメントは無視するところだが、こればかりはそうもいかない。ぼくは俄かに震えだした指先をどうにか操って綺羅のプロフィールページへと飛び、彼女の経歴が長々と書き連ねられたさらに下に、とうとうその文言を見つけた。

『綺羅（本名：山中義子）は、某月某日、逝去しました。つきましては、一週間後にこのページを削除いたしますので、その旨《むね》をお伝えいたします。生前、娘と懇意にしてくださったご友人の方々に、深謝いたします。家族一同』

どことなく無機的に感じてしまうのは、画一的なフォントのせいだろうか。ぼくはひどく気落ちしながらも自分のページに戻り、先のコメントに再度返信した。

〈リュート：見てきた。けど、なんで死んだんだ〉

反応はすぐにあった。

〈TAKA：自殺ってウワサだぜ。お前が振ったせいじゃないだろうな〉

〈リュート：まさか〉

震えが、どんどん大きくなっていく。

ぼくの？　ぼくのせいで、綺羅が死んだ？

考えただけで、体から力が抜ける。眩暈《めまい》が、吐き気がする。たまらずベッドに倒れ込むと、ぼくは身を起こすことができないまま、眠れない夜を過ごした。

朝になって、もう一度綺羅のプロフィールページを閲覧した。まだ実感がわかなかったし、実は夢でした、などという展開をわずかに期待していたせいもあった。力のない指先でページをスクロールし、昨日見た文言を——。

「あれ、ない」

文言を表示させようとして、ぼくの手は止まった。昨日あの文言があったはずのところに、今は何もない。

彼女の死を知らせる文章が、消えている。

夢だったら、などと言いながら、それが現実なのは充分わかっている。自分一人だけならいざ知らず、TAKAだってあの文章を見ているのだから。見間違いなどではない。綺羅の死は、事実のはず、なのだ。

呆然《ぼうぜん》と画面を見続けるぼくの手で、持っていたスマホが震えた。新しいコメントがついた通知だ。ぼくは現実から逃げるように自分のページへ戻り、新着コメントに目を通して、完全にその場に凍りついた。

〈綺羅：わたし　わかる　？〉

ありえない。これが彼女であるはずが。

〈リュート：誰ですか。悪戯ならやめてください〉

綺羅の家族の誰か、あるいはアカウントを乗っ取った何者か。どちらにしても気分が悪い。ぼくはつとめて他人行儀に返信した。

〈綺羅：ほんもの。ひさしぶり　たつひと〉

ややあって新たにコメントが返される。血の気が引くのが自分でもはっきりわかった。龍に人と書いてタツヒト――ぼくの本名だ。知っているのはごく少数。それこそ仲間内だけで、こんな悪趣味な悪戯などしない奴らだと理解している。だから教えた。もちろん綺羅の家族など含まれていない。

〈リュート：本当に綺羅なのか？　死んだんじゃなかったのか〉

混乱しきったぼくは、とにかく真実を明らかにしたいと考えていた。そうすれば恐怖から逃れられると、なぜか信じていた。

〈綺羅：じさつ　でもまだ　このよにいる〉

〈リュート：じゃあ、あの文章は……〉

〈綺羅：けした　ぺえじさくじょこまる　じゃまもの　は　ころした〉

邪魔者は殺した。

彼女の浮かばれない魂がまだこの世にいて、家族を殺した。嘘か本当かは知る由もないが、文字入力にやけに苦労している感があるのは、彼女がいわゆる霊魂みたいな状態だからだろうか？

〈リュート：まさか、家族を殺したのか〉

〈綺羅：うん　かんたん　でも〉

〈リュート：でも？〉

〈綺羅：ひとり　さみしい〉

どうやら、家族と一緒ではないらしい。行き先が違うのか、それとも——いや、どういった理由であれ、ぼくには、生きている者には、もはや死んだ者のことは関係ない。関係できない。ひどく残念だし、死んでほしいと思ったことなどなかった。けれど、そうなってしまったなら、それまでだ。

〈リュート：仕方ないだろ。独りで先に死んでしまったんだから〉

〈綺羅：だいじょうぶ〉

混乱しきったぼくは真実を明らかにしたいとだけ考えていた。だから、まるで気がついていなかった。

最初から、無視するべきだったということに。

料金受取人払郵便

新宿局承認

1409

差出有効期間
2021年6月
30日まで
（切手不要）

郵便はがき

160-8791

141

東京都新宿区新宿1－10－1
（株）文芸社
愛読者カード係 行

お名前《ふりがな》		明治 大正 昭和 平成	年生 歳
ご住所《ふりがな》	□□□-□□□□		性別 男・女
お電話 番 号	（書籍ご注文の際に必要です）	ご職業	
E-mail			

ご購読雑誌（複数可）	ご購読新聞 新聞

最近読んでおもしろかった本や今後、とりあげてほしいテーマをお教えください。

ご自分の研究成果や経験、お考え等を出版してみたいというお気持ちはありますか。

ある　　ない　　内容・テーマ（　　　　　　　　　　　　）

現在完成した作品をお持ちですか。

ある　　ない　　ジャンル・原稿量（　　　　　　　　　　　　）

書　名				
お買上 書　店	都道 府県　　　市区 郡		書店名	書店
			ご購入日	年　月　日

本書をどこでお知りになりましたか?

1.書店店頭　2.知人にすすめられて　3.インターネット(サイト名　　　　)

4.DMハガキ　5.広告、記事を見て(新聞、雑誌名　　　　)

上の質問に関連して、ご購入の決め手となったのは?

1.タイトル　2.著者　3.内容　4.カバーデザイン　5.帯

その他ご自由にお書きください。

(　　　　)

本書についてのご意見、ご感想をお聞かせください。

①内容について

②カバー、タイトル、帯について

弊社Webサイトからもご意見、ご感想をお寄せいただけます。

ご協力ありがとうございました。

※お寄せいただいたご意見、ご感想は新聞広告等で匿名にて使わせていただくことがあります。

※お客様の個人情報は、小社からの連絡のみに使用します。社外に提供することは一切ありません。

■書籍のご注文は、お近くの書店または、ブックサービス(☎0120-29-9625)、セブンネットショッピング(http://7net.omni7.jp/)にお申し込み下さい。

〈綺羅：いますぐ　むかえにいくから　ね〉

しあわせセールス2

雨が降っていた。いつ止むとも知れない雨だった。

某県某町。農家が多く、普段はそこかしこで農作業に精を出す人々の姿がうかがえる町だ。しかしここ最近、そういった人々の姿はほとんど見えず、畑ばかりの町は不気味なまでに閑散としていた。

「やれやれ、今日もやはり雨か」

町役場の一室から窓の外を眺め、天を覆う暗雲に勝るとも劣らぬ陰鬱《いんうつ》な表情でそうつぶやいたのは町長のキムラだ。全国的に天候不順が問題となっている中、ここでもまた一向に晴れ間の見えない空模様に、もはやイライラを募らせるだけのエネルギーもなかった。

「しかし、あの電話が本当ならもうすぐ――」

キムラはぼそぼそとつぶやきながらうなだれる。と、落ちた視線の先、役場の敷地に一台、バンボディの二トントラックが入ってくるのが見えた。

——来た。

箱形の荷台に添えられている社名は『しあわせセールス』。キムラが待ち焦《こ》がれていたものに間違いなかった。

「いつまでもこのままでは、住民の生活もままならない。どうしたものか……」

その日、キムラは頭を抱えていた。

キムラが町長に就任して以来、もっとも難しい問題に直面しているといっても過言ではなかった。それが大きな事件でも不祥事でもなく、雨。ひたすら長く降り続くばかりの、雨。

やや華奢な体つきで、頭には白いものが混じり、生活にはもう老眼鏡が手放せない——一見するとどこにでもいる初老の男性ながら、その朴訥《ぼくとつ》な人柄から町民からの信頼は厚く、いつも粛々《しゅくしゅく》と仕事をこなす。それが町長としてのキムラの姿だった。これまで特に大きな問題もなく、自分の手の届くものなら、どうにか解決してきたが。

雨は強まり弱まりを繰り返しながら、止む気配のないまま、降り始めからすでに七日が経過していた。

これまでも天気に悩まされることはあったものの、ここまでの長期にわたって見通しが立たないことは初めてで、過ぎ去ったはずの梅雨《つゆ》が戻ってきたかのようだった。

主な産業のほとんどを農業が占めるこの町にとって、天候不順は非常に厄介な問題だ。農作物の生育が滞れば町の経済に影響が出る。ましてや土砂災害や河川の氾濫《はんらん》など起ころうものならその被害は甚大どころの話ではないだろう。仮にその後の復旧まで考えていくとなれば、人手も費用も、そして時間も足りなくなる。

少し休息を、と言いながら、町長室にひとりで数時間もこもっていると、不意にキムラの電話が鳴った。

知らない番号だ。けれども仕事柄、キムラも知り合いは多い。誰かが他の誰かに番号を教えるということも、なくはない話だ。自衛のつもりで無視を決め込み、実は相手が『知り合いの知り合い』だった、などということになれば、ばつが悪い。

「――キムラです。どちら様でしょうか」

やや迷ったあと、キムラはその電話を取ってみることにした。職場以外の人間と話して、わずかでも気晴らしになれば――そんな期待も持ちながら。

「初めまして。わたくし、しあわせセールス社のフクダと申します」

キムラはあからさまに肩を落とした。よりによってセールスの電話とは。

「悪いが、うちはそういったものは間に合っているんだ」

適当に断りを入れて、早めに電話を切ってしまおうと思ったのだが。

「左様でございますか。お客様のお悩みを解決できるプランのご案内を、とお電話差し上げたのですが……」

「何だって？」


キムラが耳を疑ったあの電話から一週間。雨の降り始めから実に十四日が過ぎたころ、彼はやってきた。

キムラは彼が車から降りる前に町長室から飛び出し、商談相手を出迎えた。

黒いスーツと革靴を身に着けた中肉中背の男、それほど歳をとっている風でもない。しかし、最初から毛が無かったのかと思われるほどきれいな禿げ頭と、マネキンに漫画の顔が張りついたかのような無機質な営業スマイルとが、奇妙な迫力を演出している。キムラは内心狼狽《ろうばい》したものの、見た目で判断しては失礼にあたると努めて平静を装った。

「待っていたよ、フクダさん。私が町長のキムラだ。君が来るのをどれだけ待ち焦がれたことか」

「もったいないお言葉ですキムラ様、お初にお目にかかります。わたくし、しあわせセールス社のフクダと申します。まずは名刺をどうぞ」

福田幸男――フクダユキオ。名刺にはそんな名前が書かれていた。あとは小さく社名があるだけの、シンプルな名刺だ。キムラもとりあえず自分の名刺を手渡しておく。

「それで……本当なのかね、電話での、あの話――天気を売る、というのは」

「もちろんでございます。わが社が開発した装置を使用し、たちどころにお客様がお望みの空模様をご用意して差し上げましょう」

天気を売る。あのとき、電話口で告げられたのがその一言だ。

常識ならどう考えても不可能な話、しかし万が一にも本当なら儲けもの。

キムラは考えるのに疲れていた。そんな怪しい話にまで、救いを求めてしまうくらいに。

「おおい、準備をするぞう」

フクダが助手席に向かって声をかけると、もう一人、助手らしき人物が車から降りてきた。こちらは土色の作業服に作業帽を目深《まぶか》にかぶり、体格からすると男性であろう、という他は何もうかがい知れなかった。

二人は荷台から荷物を運び出すと、アスファルトの地面に直接設置した。どうやらこれが『装置』らしい。

「これはまた、ずいぶん大きいな」

荷台の中から現れたのは、一辺が一メートルはあろうかという大きな黒色の立方体だった。高さだけでもだいたいキムラの胸くらいある。『その大きさのサイコロを黒く塗りつぶしたような』といえば想像しやすいだろうか。天面にはすり鉢状のくぼみがあり、その中心に丸い穴が開いていて、側面のひとつには操作パネルらしきものが見えた。

「なにぶん、難解かつ複雑な装置ですので」

大きい装置とはいえ、今からもっと大掛かりなことをやろうというのだ。きっと必要なサイズなのだろうとキムラは納得した。

「しかしながら、効果は間もなく実感していただけるでしょう」

「うむ――では電話で話したとおりに。このあたり一帯の天気を晴れに、それも雲一つない快晴にしていただけるだろうか」

「承りました。それでは操作を開始いたしますので、少し離れていてください……」

フクダが操作パネルに触れると、装置が低い音を立て始めた。細かな振動が地面を通してかすかに足に伝わる。それが数秒続いたのちに今度は空気が震え、装置からまばゆい光が放たれた。

「うわっ……！」

キムラは思わず手で目の辺りを覆い隠す。装置の天面から一条の太いレーザーのような光が発せられ、天に向かって伸びていくのが指の隙間から見えた。その光線も長くは放出されず、ほどなくして消えた。

「終わりました。あとは効果が出るのを待つだけでございます」

いつの間にやら隣に陣取っていたフクダが、変わらぬ笑みをキムラに向ける。うまくいったと考えていいらしかった。

「おお、そうかね。そういえば、もう雨が弱まってきている気がする……」

ぼんやりと天を見上げると、キムラがそう感じたとおり、すでに雨雲に切れ目ができ始めていた。やがて光線の通った部分を中心にして見る間に雲が消えていき、あっという間に青空が広がった。二週間ものあいだ重くのしかかっていた雨雲が、十分も経たないうちにものの見事に消え去ったのだ。驚きや感動など通り越して、キムラの心は空模様にもまして晴れやかだった。

「これで、半径十キロメートル前後の範囲で少なくとも一週間は晴れが続きましょう」

半径十キロメートルもあればこの町はほぼその範囲の中に収まる。効果としては十分だ。

「すばらしい！　天気を売る、などと言われた時には半信半疑だったが、注文した甲斐があったというものだよ」

「ありがたいお言葉にございます。お客様をしあわせにするのが我々の仕事でございますから、キムラ様に満足いただけて何よりです」

仕事を終えた『装置』はフクダたちによってまたトラックの荷台へと戻された。その様子を眺めながら、キムラはフクダにちょっとした疑問を投げかけた。

「いったい、中はどうなっているのだろう」

「専門的な部分に関しましては、いまだわたくしもわかりかねます。なにしろわが社の優秀な開発部が、多くの実験と試運転を重ねて造り上げた最新の製品でございますから」

「なるほど、餅《もち》は餅屋ということかい」

「はい。やはり天気を人の手で思うがまま、というのには開発部もたいそう苦労した様子でございました。けれどもそういった苦労があったおかげで、こうして新たにお客様に喜んでいただけるようになりましたので」

詳しいことはわからない。が、大掛かりな装置であり、多くの人の手がかかっているものであるのは間違いないようだ。となると頭をもたげてくるのは、別の心配事である。

「しかし、いいのかね。これだけの効果がある装置だ。一回の注文が三万円を切る値段というのは少し安すぎる気がするのだが」

「心配ございません。現在こちらの新商品を知っていただくための、お試しキャンペーン期間となっておりますので……」

*

「フクダです。ただいま戻りました」

「お帰りフクダくん。お客様の反応はどうだったかね？」

「ええ社長、今回のお客様も大変満足されたご様子でした」

フクダが一仕事終えて帰社すると、玄関口まで社長が出迎えに現れた。トラックが帰ってきたのを見ていたのだろう。

社長がいち社員を出迎える、というと大仰に思えるが、現場に出向く社員がほとんどいないしあわせセールスではこれが日常の光景だ。業務ごとにいくつかの部門に分かれている中、フクダの所属する営業部門にはフクダひとりしかいない。後の社員は皆、商品や設備の製造に携わっていて、事務所に残るのはたいていの場合、フクダと、実質的に総務を担当している社長の二人ばかりになる。

「ところでフクダくん、帰ってきたばかりのところすまないが、海外出張の準備をしておいてくれるかね」

「海外出張？」

「うむ。今日のような『天気売り』、思っていたより色々なところで需要があるようでね。交渉だけでも進めておきたいんだ」

「ははあ。どこも天気の悩みは尽きないということですね」

言いながら、フクダはもう愛用の鞄《かばん》に自分の荷物を詰め始めている。『お客様のしあわせのためなら一刻も早く何処《どこ》へなりと』がフクダのモットーのひとつだ。例の装置の唯一の欠点はその大きさだが、ゆくゆくは小型軽量化も実現されるだろう。それほど時間はかかるまい。

「となるとまた忙しくなるぞ。お客様のしあわせのために」

「ところでフクダくん。ここ最近、世界中で異常気象が頻発《ひんぱつ》しているとは思わんかね」

しあわせセールス社が追求するのは唯一、顧客のしあわせだ。それだけのために手を尽くし奔走《ほんそう》する。だから、他のことは気にかけない。

例えば——強引に天気を変えた結果が、どこか違う場所で異常気象となってしわ寄せされていたとしても、『もしや』などとは微塵《みじん》も考えない。

「そうですね、不思議なものです。ですが、我が社の製品が活躍する機会が増えるのは、喜ばしいことではありませんか……」

ゆるやかライフ

閉じ込められていた。

眠りから覚めたわたしは、なぜか知らない部屋にいた。どうやっても開かないドアを相手にするのにも疲れて、もう三日をこの部屋の中で過ごしている。

「居心地が悪いことはないんだけどな」

わたしは部屋にあった漫画を適当に読み漁りながら、ぽつりとつぶやいた。

部屋に閉じ込められて——といっても別に、牢屋に放り込まれているわけではない。むしろこの部屋、ちょっとしたホテルの一室といっても通用しそうなくらい綺麗に調《ととの》えられた、普通以上のワンルームだ。状況としては軟禁というのがいちばん近い。

ふかふかのベッドに品のいいテーブル、衣類の入った木製のチェストなど、部屋にはひと通りの家具が揃っていた。他には飲み物の入った冷蔵庫にエアコン、洗濯機に乾燥機と、生活家電も充実していた。

各種のゲーム機や、ブルーレイデッキも用意されてあった。壁一面を丸ごと使った棚にはたくさんのゲームソフトといろいろな作品のディスク、それに漫画や小説まで並べられていた。しかもそれらはことごとく私の趣味と合致していた。

ただ生活するだけなら充分すぎる空間、ただし『足りない』ものも、もちろんあった。時計がない。カレンダーがない。テレビにはアンテナケーブルが接続されていないので番組が見えず、パソコンのようなものも見当たらない。持っていたはずの携帯電話はどこかに消えている。何よりこの部屋には窓がなかった。

横長の小窓がついた、開けられないドアがひとつあるだけ。小窓は小窓でやはり内側からは開かず、要は部屋の外につながる情報の源が一切ないのだ。

ではなぜ『三日』とわかったのか。

わたしが漫画を読み終えたのとほとんど同時のタイミングで、硬い靴音が聞こえてきた。これで聞くのも何度目かとなる、何者かの足音。

その何者かは毎日三回、ほぼ決まった時間（だと思う）にやってきて、わたしの部屋の扉をノックする。わたしが内側からノックを返すと、わたしの腹の辺りの高さにつけられた小窓が開かれて、そこから『食事』が差し出されるのだ。食事の回数から数えてだいたい三日目、というわけである。わたしは朝食のぶんの食器を差し出し、代わりに昼食を受け取った。夜もこれと同じ流れになる。

「これがまた、美味《おい》しいんだよなぁ」

料理をテーブルに運んでひと口目を舌にのせると、これも何度目かとなる感嘆の声が漏れた。

なお今日のランチは魚介のクリームパスタとサラダ、それにポタージュスープ。シンプルでありながらどれもとても美味しく、こんな料理が食べられるのなら閉じ込められておくのも悪くないとすら思えてしまう。

食事を終えたわたしは再びベッドに寝転がって、財布から一枚のカードを抜き取った。小日向歩未――わたしの名前が書かれた下に、小さくナンバーが印字してある。それと、勤め先の名前も。

「……久々の休暇だと思って、のんびりしてようか」

このカードはわたしの社員証だ。ほんの数日前まで、身を粉《こ》にして働いていた。それがこんな風に社員証を指で弄《もてあそ》ぶ日が来るなどと、わたしは想像もしていなかった。

望んだ進路のはずだった。望んだ会社のはずだった。けれど、望んだ人生にはならなかった。

来る日も来る日も仕事。毎日夜遅くに帰って朝早くに仕事。休日も平日も曖昧《あいまい》なまま仕事。もちろんお金はそれなりに貯まった。でもそれは、身だしなみを気にする余裕がなくなって、友達ともすっかり疎遠になり、恋するヒマもなく、最低限の生活を営むだけの出費しかなかったから。寿命と引き換えに手にしながら使うタイミングの回ってこないお金は、わたしにとっては虚しさを数値化したようなものだった。

わたしは心身に異常をきたして、精神科を受診するまでになってしまっていた。無論、通うのは仕事の合間を縫って、だ。先生に愚痴《ぐち》を聞いてもらって薬も飲んで、けれどやはり、それだけではわたしの心は救われなかった。どこかで、こんなことは終わりにしなければと思っていた。

「そういえば、この部屋に来る前にも病院に行ったはずだけど」

過去を思い返すうち、わたしはふと気づいた。

その日、確かにわたしは病院のドアをくぐったはずなのだ。それも耗弱極《こうじゃく》まった、かつてないほどボロボロの状態で。

しかし、診察を受けている間のことがどうにも思い出せない。待合室の椅子に腰かけて、泣きそうになりながら俯く自分——わたしの記憶はそこでふつりと途切れていた。

「……よっぽど疲れてたんだろうな」

記憶が飛ぶまでに弱っていた状態で、結果として静養のためにこの部屋に放り込まれたということだろうか。

「ま、いいか。休める時に休まないと」

朝はイージーリスニングの緩やかなメロディで目を覚まし、夜は自動で少しずつ暗くなる照明に合わせて眠る。これで三食美味しいゴハンがついて、など夢のような話だ。これまで忙しすぎる毎日を送っていたから、ゆっくりと流れる時間がなおさら身に染みる。

ゆったり、のんびり。長く忘れていた感覚だった。掃除と洗濯くらいはしないといけないが、潤沢に時間のある中でならあまり苦にはならない。

「晩ゴハンも楽しみだなー」

勝手に出てくる食事に、無邪気に期待を膨らませる。まるで少女の頃に戻ったみたいだ、などと思いつつ、わたしは今日も気ままに一日を過ごした。


だいたい二週間が経過した。

特に大きな変化もないまま時間だけ経った感じだ。あえて変わったところを挙げるなら、今日はちょっと体が重いなあ、と思うくらいだろうか。

「そういや、もうそろそろ本格的に冬よね。風邪でも引いたかな」

わたしが最後に出社したのは十一月の半ばだったはずだ。もう月が変わっていてもおかしくない。世間では聞き飽きたクリスマスソングが垂れ流されていることだろう。

「しょうがない。風邪薬を頼んで、ごろごろしてるか」

わたしはベッドのわきにあるボタンを押した。押せば例の何者かがやってきて、ある程度こちらの注文を受けつけてくれるのだ。普段は冷蔵庫の中身を補充するとか、料理のリクエストをするのによく使っている。

すぐに誰かがやって来て、小窓から紙とペンを差し出した。よほど素性を知られるわけにいかないのか、注文は欲しいものを紙に書いて渡すシステムだ。

わたしは小さく『風邪薬』と書いて、紙とペンを外に返した。足音が遠ざかり、しばらくしてまた近づいてきたかと思うと、今度は注文通りの風邪薬が小窓から渡された。

ひと仕事終えたところで、わたしは心ゆくままにごろごろし始めた。好きなものを好きなだけ。ここ最近はそれが至福の時間だ。休みすぎの気もしなくはないが、多分これまでロクに休めなかった方が異常なのだ。

見たかった映画を見て、読みたかった本を読んで、やりたかったゲームをして、お気に入りの音楽を聴きながらお酒を飲み、そして眠る。学生の頃はできて当然だと思っていたけど、改めてそうしてみると何だか感慨さえ覚えてしまう。『忙殺《ぼうさつ》』とはよく言ったもので、あまりの忙しさには、感性が皆殺しにされてしまうのではなかろうか……なんて、ちょっと詩的な物言いまでしてみたり。

「このまま、しがらみも何も全部忘れてしまえたら、外でものんびり暮らせるんだけどな」

いつかまた現実に引き戻されるだろうけれど、考えずにはいられない。実際のところ、まだ元の生活に戻るのは恐ろしいのだ。結局またボロボロになるのではないかと。しかし数時間後の明日なら、何となしにでも楽しみにしていられる。

まあ、そんなにうまい話もないか――。

わたしは残念な現実にだけため息をつきながら、その日は早いうちに眠りについた。

*

閉じ込められていた。

とある病院の、病棟のひと区画。病室とは思えないほど設備の整った部屋の中、ひと部屋に一人ずつ、患者が隔離されているのが発見された。製薬会社が開発した、服用前の三十分程度の記憶を消去してしまう新薬。その薬の人体実験に、病院を訪れた患者が部屋とともに秘密裏に提供されていたのだ。

患者は鬱《うつ》、またはそれに似た症状を患い、かつ診察時に自殺をほのめかした者ばかり。非常に遅いペースの安楽死を施すのと、新薬投与後の経過観察とを同時に行ったのである。直前に入念な対話と隔離に対する説明を行い、患者の了承を得たうえで微量の睡眠薬と記憶を消す新薬とを同時に投与。患者が目を覚ます頃には、医者とのやり取りは覚えていない——という寸法だった。患者は自分たちがなぜ閉じ込められているかも思い出せずに、毒入りの食事を平らげながらゆるやかに命を削られ、そして死んだ。

事件の被疑者として、病院の院長と製薬会社の社長がそれぞれ逮捕された。殺人と、新薬の違法な臨床実験が罪に問われた。

「彼らは皆、心安らかに死にたがっていた。人の願いを叶えて何が悪いのか」

逮捕された院長は悪びれもせず、そう語ったという。

亡くなった患者は皆、ぐっすりと眠っているようにしか見えなかったと伝えられ——小日向歩未も、そのうちの一人だった。

呪　水

1

昨日、人が死んだ。

町内にある、大きな溜め池でのこと。ガードレールを乗り越えて水面へと身を投げる人物を、近くに住む人がたまたま目にしたらしい。それが昨日の、もう日付も変わろうかという時刻だったそうだ。死体は今朝になって引き上げられた――そんな一連の話を、朝一番に親から聞かされた。

朝から陰鬱な話を聞かされるだけでも気が沈むというのに、当の溜め池が俺たちの通う中学から歩いて十分のところにあるのがまた憂鬱だった。現場が近いと、考えまいとしていても、つい意識してしまう。ああ、あそこで人が死んだのだ、と。

どの地区の誰々さんが自殺——近隣の家々には早々と噂が広がり、クラスメイトの大半は登校してくるや否や声をひそめて、しかし好き好きに事件を話のネタにした。

「なあ侑斗。どう思う、昨日の自殺」

盛り上がるクラスメイトたちを、俺、岬侑斗はわざと教室の隅で遠巻きに眺めていたのだが、友人の霧生和也が目ざとく声をかけてきた。

「どうって」

俺は言葉を濁したものの、和也は降ってわいた非日常的な事件に興味津々《しんしん》のようで、その顔からは隠しきれない笑みがこぼれている。

和也とは幼稚園からの腐れ縁で、よく言えば明るく陽気、悪く言えばお調子者でデリカシーのないやつだ。今回のような事件とか騒動とかに、真っ先に首を突っ込んでいくタイプでもある。

「あの池さあ。昔っから、この時期になると身を投げるやつが増えるらしいんだ。じいちゃんとばあちゃんが言ってた」

「まさか」

もちろん誰も死なない年の方が多いことは多いんだけど、とあいだに挟みつつ和也が語ったところによると、例の溜め池で自殺者が出る時は大抵決まってこの時期——夏休み気分がまだわずかに抜けきらない九月の末ごろから十月の終わりくらいまでに集中している、とのことだった。


溜め池、と簡単に言っても、俺たちのところにあるのはサイズがかなりデカい。外周に沿って整備されている遊歩道は、長さにすると二キロメートル以上ある。途中にはちょっとした庭園や公園まである。

もし水が目いっぱいまで入ろうものなら、深さは人間の身長など優に超える。今の時期なら、渇水で大騒ぎでもしていない限り、飛び込んで死ぬのに充分な量の水がある。

「あの池、実は呪われてるんじゃねえ？」

「やめてよ、気持ち悪い‼」

和也が調子に乗って声量を上げた瞬間、背後からさらに大きな女子の声が響いた。ヒステリックな叫びが頭の中でガンガンと反響する。

「なんだよ、そんな大声出さなくてもいいじゃん、委員長」

俺の頭上に向かって文句を垂れる和也に続いて肩越しに後ろを振り返ると、そこには眉をつり上げ、しかし涙目になった小林真耶——通称『委員長』が、クラス中の注目を集めながら立っていた。

委員長とは呼ばれていても、彼女はこのクラスの本当の委員長ではない。成績がよくて風紀にうるさく、人にも自分にも厳しい性格から、いつの間にかそういうあだ名がつけられただけだ。

委員長は和也を長いことねめつけ、俺にもちらりと鬼気迫る一瞥《いちべつ》をくれると、何も言わずに去っていった。泣きそうなのを我慢していたのかもしれない。肩まで伸ばした髪が、その大げさな歩みに合わせて大きく揺れた。

「なんだ、あいつ」

「あいつの親戚の家がさ、池の近くなんだってよ。田んぼがあって、稲刈りを手伝う時があるらしいぜ」

小林の迫力に呆気《あっけ》にとられていた俺に、和也がご丁寧に説明してくれた。どこから女子の情報を仕入れてくるのか謎だが、嘘ではなさそうだ。

「変な噂が立つのがイヤなんじゃないかねえ。それか、鬼より怖い委員長も怪談には弱い、とか」

和也はひたすら楽しそうだ。委員長にはいつもやり込められる側なので、興味の尽きない事件に委員長の意外な一面まで見られて、嬉しくてたまらないと見える。

「そうだ!!」

和也の品のない笑みが、さらに顔中に広がった。幼馴染《おさななじみ》だからわかる。これはロクでもないことを思いついたり考えたりしているときの顔だ。

「池に飛び込みに来るやつを、こっそり動画で撮ってさ。あの池が呪われてるって証明してやるんだ。あいつ、絶対泣くぞ」

和也は自分のスマホを高々と掲げる。ほら、やっぱりロクでもない。

池の周りの道にはいくらか街灯も設置されているため、場所によってはそれが実行できないでもない。とはいえ。

「やめとけよ、バチでもあたったらどうすんだ」

「くっ、侑斗には万年負け続けの俺の気持ちはわからないのさ」

友人のよしみで一応止めはした。とはいえ一度悪ノリしだした和也はまず退かない、というのも俺にはわかっていた。万が一本当に池が呪われていたら、現状いちばん危ないのはこいつだと思うんだが。

俺たちが気軽に『溜め池』などと呼んでいる例の池は、ずっと昔から農業用の水を溜めるためにあるもので、実は千年以上にわたる歴史があるのだ……などということを、前に社会の授業で地元について勉強したときに知った。スケールがデカすぎて嘘か本当かもわからないが、とにかく想像もつかないほど古いのであれば、呪いのひとつやふたつはあるのかも、と思ってしまう。

それに、あんまり死人を茶化すのも、俺はちょっと気乗りしない。

「よォし、あの女、絶対泣かしてやる！」

しかし和也は俺の心配など気づく様子もなく、逆恨《さかうら》み同然の報復に燃えているのだった。

2

「で、動画は撮影できたのかよ」

十月もなかばを過ぎたある日、俺は試しに和也に聞いた。

「それがよお。まだ一回も当たりがなくて。結構長いこと張り込んでるんだけどな」

和也はすっかり肩を落として、ため息とともにつぶやいた。

実のところ、和也が撮影に失敗しているだけで、新たな自殺者の話自体はちらほらと出ていた。最初のから数えて、確か三人。ひと月に満たないあいだに同じ場所でこの人数は、確かに異常だ。

ご近所さんやクラス内にも不安や恐れの入り混じった不穏な空気が流れ始めていて、多くの人がそわそわとしていた。そんな中、とりあえず和也に何も起こっていないことに、俺は内心安堵《あんど》していた。安堵していたのに、和也はとんでもない頼みごとをしてきやがった。

「そろそろ一人じゃ辛くなってきたんだよ。お前も一緒に来てくれよ。な、一回でいいから。それでダメなら諦めるからさあ」

よりによって、俺を巻き込もうというのだ。

正直言って、遠慮したい。

しかし意地になった和也に深夜徘徊《はいかい》を続けられるのも、友人として、いい気はしない。俺としては、和也には早くこの馬鹿げた行為から手を引いてもらいたいのだ。

「……わかった。一回だけだぞ。次の金曜だ。それでダメなら諦めろよ」

「おお、親友、お前なら協力してくれると信じてたぜ」

俺が不承不承に言うと、和也は大げさに俺の両手を握りしめた。あからさまに嘘くさいというか、してやられた感が強い。こういうところがなければ、いい奴なんだけどな。

それから金曜までの数日、俺は学校で空き時間の限り和也の計画とその失敗談とを聞かされるハメになった。やれどのポイントは暗すぎて撮影に向かないとか、この時間にいると近所の誰々に見つかるとか。

驚くことに、和也はあれから今日までほとんど毎日、深夜になると池に向かい、次の朝には授業そっちのけで前の晩の結果を記録していた。恐るべき執念というか、間違った方向への努力なら右に出る者はいないのではとさえ思う。もっとも、一度も成果が上がっていないのだからデータを残す意味もあまりない気はする。が、それは本人には言わないでおく。

そうこうするうち、あっと言う間に約束の金曜がやってきた。別に十三日とかいうのでもない。次の日が休みだから、そうしただけの話だ。

「今日は侑斗もいるし、決定的なショーコをつかんでやるぜ」

適当な木陰に身を隠しながら、和也が小声で息巻いた。

俺がいたってどうなるでもないし、当然ながら和也と同じ気持ちでなどいられない。『誰も亡くならないでくれ』と、それか、『決意を固めて身投げに来たのなら、俺や和也に見つからない位置で、最期《さいご》の瞬間くらい安らかに……』などと、祈るばかりだ。

薄暗い道路脇で人を待ち続けて、どのくらい経ったろう。スマホアプリでの暇つぶしにも飽きてきたころ、やおら和也がその場から動いた。

「来た、誰か来たぞ！」

和也が震える手でスマホを構える。その後ろに立ち、俺も和也の視線を追った。間違いない、誰かいる。まだ少し距離があって詳細は不明だが、ゆっくりとした足取りで真っ直ぐに池へと向かっていた。

「よし、もっと近づいてみようぜ」

足取りはゆっくりであるものの、その何者かは他に目もくれず一心に池を目指していた。それを好都合と見て取ったのか、和也はもはや身を隠そうともせず道路に躍り出る。俺はわずかに離れて後を追うつもりでじっとしていると、夜の静けさに似合わない大音声が耳をつんざいた。

「ゆ、侑斗！　大変だ、早く、早く来い！　侑斗ォ!!」

和也の声だった。さっきまでと明らかに様子が違う。慌てて和也の方へ駆けると、和也もまた、距離の狭まった何者かに追い縋《すが》ろうとしている様子だった。もはや身を隠すところまで頭が回っておらず、スマホだけ握り締めて取り乱していた。

俺はまず、和也の肩を引っ掴《つか》んで押さえた。それでもなお、和也はじたばたと暴れる。どうやら落ち着くのを待ってはいられない。

「どうした、何だってんだ」

やや声を荒らげて聞いた俺に、和也は薄明かりでもはっきりとわかる蒼い顔を向けた。そしてがたがたと大きく震える指で、池に向かって歩く人物を指す。

「あ、あれ、あいつ、小林……委員長だったんだ、侑斗、俺たちどうすりゃあ……！」

「ちょっと待てよ、嘘だろ――!?」

まさかここで小林が出てくるとは思わず、体中の力が抜けそうになる。しかし今にも泣き出しそうな和也を目の前に、俺まで情けない恰好《かっこう》はできない。

「横顔が見えた。呼んでもからかってても返事しなくて……あいつ、死ぬのかな、このままだと、死ぬのかなあ……!?」

「くそっ、とにかく、止めないと！」

俺にしがみつこうとする和也をいったん振り切って、俺は小林の手を掴んだ。

「委員長、俺だ、岬だ！　何やってる、止まれ、止まれって!!」

渾身《こんしん》の力を込めてその手を引いたものの、少し歩みが遅くなっただけで、彼女は全く意に介していない。というよりも、俺たちの存在自体に気がついていないようだった。夢遊病にでもなっているかのように、虚《うつ》ろな目で大きな溜め池の水面だけを見て、進んでいた。

このままでは、本当に……！

最悪の想像が頭をよぎった。もう手段を選んではいられない。

俺は小林の前に立ち塞《ふさ》がるようにして進路を妨害すると、きちんとボタンの留められたパジャマの胸元を掴んで揺さぶった。意思のない人形のように、小林の頭が前後する。それでも、正気を取り戻す様子はない。

俺は意を決して右手を振りかぶると、思い切り小林の頬を引っぱたくつもりで、やはりわずかに思い直して全力の一歩手前くらいの力をこめて彼女の頬をはたいた。平手の高い音がこだました。

「小林、おい、小林ッ!!」

「え……？　あ、み、みさき……岬くん？」

痛みで我に返ったのか、小林はやっと呼びかけに反応した。

「危なかった。お前、もうちょっとで落ちるところだったんだぞ」

眼前にまで迫った池を改めて目の当たりにして、小林はようやく自分がどこにいるのか気づいたようだった。ひっ、と、唇の隙間から、小さな悲鳴が漏れた。

「まさか、委員長に自殺願望があったなんて」

「馬鹿言わないで。私だって、何でこんなところにいたのか……」

自殺が未遂で終わってようやく立ち直ったらしい和也が、俺の方に駆け寄ってくる。聞きたいことはあったが、もう夜は充分すぎるくらい更けていた。俺たちは早々に池から離れることにし、パジャマ姿の委員長を家の近くまで送って、その日は解散した。

3

一夜明けて土曜、俺は小林に連絡を取って、昼過ぎに和也も含めて三人で会うことにした。

もし運が悪ければ、小林はあの溜め池での四人目の死者になっていたかもしれない。たまたま俺たちで止められたものの、このままにしておくと他にも犠牲者が出る気がしてならない。どうしても、人があの池に引かれる原因を知りたかった。

待ち合わせ場所のファミレスに現れた小林は少し疲れた顔をしていたが、昨晩見た虚ろな雰囲気はなく、俺は胸をなで下ろした。間もなく和也もやってきて、三人で隅の方の席に座ると、適当に昼飯などつつきながら話し始めた。

「昨日、何かあったのか？」

口火を切ったのは俺だ。単純に、なぜ昨晩のようなことが起こったのか、手がかりがほしかった。しかし、小林は頭をひねる。

「別に、何も。普通の一日だったけど」

「何もないのに自殺？　俺、本当にびっくりしたんだぜ」

和也は小林の言葉に納得がいかない様子だ。しかし無理もなかろう。小林自身も自分の行動に納得できていないようなのだから。

「どんな細かいことでもいいんだ、何かないかな」

俺がもう一度聞くと、小林はまたひとしきり考えてから、

「……親戚の家でとれた新米をもらってて、昨日食べた」

そんな風に答えた。和也が俺の隣でしかめ面《つら》を作るのが見えたが、無視しておく。

「それから、夢を見たわ。誰かに呼ばれる夢」

小林はさらに、そう続けた。誰かに呼ばれる夢だと。

「それだ」

俺は身を乗り出して、小林に詰め寄った。

「千年も歴史のある池なら、過去に何人も死んでるのかもしれない。沈んだままの遺体だってあるかもしれない。呼ばれたんだよ、死者に――」

「でも、何で昨日なんだろうな。呼ぶならもっと前の日でもよかっただろうに」

俺の言葉を遮って、和也が疑問を口にした。

その疑問はもっともだ。自分の意見に自信を持っていただけに、俺はその答えに詰まる。

沈黙が降りる中、小林がおずおずと口を開いた。

「お米……」

「米？」

意図がわからず、そのまま聞き返す俺と和也。

「授業で習ったでしょ。あそこは、農業用の水を溜める池だって」

「ま、まさか、農業用っていうのは」

そうだ。確かにそう習った。これまで、大して気にもしていなかったけど。

「そういうこと。そして昨日、私はそれを食べた」

俺と小林、二人ともが、無言のまま俯く。ただ一人、和也だけは理解が追いついていないようだったが。

「どういうことだよ、昨日の委員長と米にどんな関係があるってんだ」

「あの池の水は、用水路へと流れて……そのまま水田に行きつくの」

そこまで聞いて、ようやく和也も不気味さが理解できたらしい。今まさに食べようとしていたライスを、ぽとりと皿の上に落とす。

「もしかして、場合によっちゃ死体が沈んだままの池の水で、米を育ててる……?」

「だから聞きたくなかったのに。自殺とか、呪いとか」

米農家が、人の死んだ池から水を引いているなどと噂されれば大打撃だろう。自分たちで食べる分だけ育てていたとしても、忌《い》み嫌われるであろうことは想像に難《かた》くない。

小林は米についてもぽつぽつと語り、早生《わせ》や晩生《おくて》など収穫時期で色々あるのだと教えてくれた。

「うわあ。もう俺、この辺の米食えねえよ」

頭を抱える和也に、小林が微笑《ほほえ》んだ。

「大丈夫よ。誰にでも効く呪いなら、今頃もっとたくさんの人が亡くなっているはずだから。多分、ちょっと心の疲れている人とか、精神的に弱っている人が、呼ばれてしまうんだと思う」

心の疲れ。精神的な弱さ。およそ小林の口から出るとは思わなかった言葉に、俺は少々面食らった。

「小林にも、そんな時なんてあるのか」

「うち、お父さんいないしね。お母さんも仕事で遅いし、時々ふっと寂しくなる時は、あるよ」

俺はしまったと思いながらも、微笑みを崩さない小林を前に、それ以上何も言えなかった。

4

そのあと俺たちは、とにかく知り得る限りの大人に昨日の出来事と自分たちの推論とを話して聞かせた。

大人たちも最初は取りつくしまもなかったものの、和也の撮影していた動画を見せるとその異様さに顔色を変え、結局それが決め手となって、近いうちに溜め池の御祓《おはら》いが執り行われることとなった。

「これで、呼ばれる人がいなくなればいいけど」

「……そうだな」

この水は、一体どこまで行くのだろう。

ちゃんと儀式が執り行われれば、呪いの元が断たれることにはなるはずだ。しかし、すでに流れ出てしまった分のことは、俺たちにはわからない。

入水——じゅすい。水の中に飛び込んで自殺すること。

俺は今回、そんな言葉を初めて知った。呪いの残滓《ざんし》にあてられて、そんな行為に及ぶ人が現れませんように。

俺たちはただ、祈るしかできなかった。

依存症

診療所が受付を開始して間もない朝。診察室のドアがノックされ、私の目の前に看護師とともに一人の若者が現れた。

「本日はどうされましたか」

「どうしてもギャンブルをやめられず、ご相談に伺《うかが》いました」

お決まりの文句で問いかける私に、若者は俯きがちに答えた。事前に記入してもらった問診票が示す傾向とも合致する。この若者はギャンブル依存症なのだそうだ。

「そうですか、お辛いでしょう。まずは詳しいお話を伺いましょう……」

私は都内某所で小さな心療内科を開業し、医師として忙しい日々を送っていた。特に最近は何らかの依存症を患っている人が増え、日々そのような人たちを診断、治療していた。気が付けば、いつの間にか巷《ちまた》で『依存症治療の第一人者』などとささやかれるようにまでなっていた。

実際のところ、治療の実績は多くあったし、それに伴って自信も持っていた。収入は右肩上がりで経営も安定、しかしつまりは患者数も同様に……ということなわけで、医師として少々複雑な気分ではあった。

ある日、またあの若者がやってきた。なぜか、初診の日と同じ暗い顔をしている。

「一体どうしたんだね。顔色が悪いが」

おかしい。私は眉をひそめた。

というのも、彼のギャンブル依存はここ数か月でずいぶん改善していたからだ。何度も相談に応じ、アドバイスを行い、時には薬も処方するなどして、彼は依存から抜け出したはずだった。

定期的な通院を促してはいたが、そのたびに『新しい趣味が見つかった』と嬉しそうに話していたのに。

「それが、先生。今度はスマホから離れるのが恐ろしくてたまらなくなったんです」

彼の言っていた新しい趣味とは、スマートフォンで遊ぶソーシャルゲームだった。詳しく話を聞くと、いくつかのゲームを掛け持ちし、ＳＮＳにも傾倒しているらしい。ギャンブル依存から抜けるために見つけ出した趣味が、結果として新たな依存先になってしまったのだ。

「もしや、ギャンブルと同じようにゲームに大金をつぎ込んでしまったのかね」

「いいえ、そうではないんです。とにかくスマホを持って常に画面を見ていないと落ち着かないのです」

私と話している手前、若者は今はスマートフォンを手にしてはいない。だが視線は定まらずきょろきょろとして、確かに落ち着きが失われていた。

「わかりました。今度は運動も取り入れたり、セミナー等へ参加してみてもいいでしょう。どうしても他のことが手につかないなら、お薬も出しますから、ひとりで悩まず是非相談に――」

私は不安におびえる彼を諭《さと》し、スマートフォンに触れる時間を少しずつ、しかしちゃんと意識して減らすようにと伝えた。うまくスポーツなどに興味が向いてくれれば、症状は改善していくだろう。

それから数週間後、彼は有名選手に憧れてテニスを始めたということだった。通院ごとに顔つきが明るくなっていくのがわかり、私も胸をなで下ろした。

今度こそ彼の決心と私の治療が功を奏したのだ。

そう思った矢先、だった。

またもや彼が私の診療所にやってきたのだ。

「先生、また相談に乗ってください」

「君はスポーツに打ち込んでいたのではなかったのかね。何があったんだい」

「実はテニスを通じて彼女ができたんです。でもメールや通信アプリで反応がないと不安で不安で……とにかく普段から頭の中が彼女のことでいっぱいになってしまったのです」

「なんと、今度は恋愛依存症か。これはなかなか難しい問題だ」

「お願いです、何とかしてください。僕はもう、先生に頼らなければ生きていけないかもしれない」

「おいおい、私にまで依存されては困るよ」

彼を仕方のない男だと思うかもしれない。しかしその認識はおそらく間違いだ。複雑化する人間関係、多様化するストレス。そのはけ口を求めるかのように多種多様な娯楽が生み出された現代。ストレスや気の沈みから逃れるために何かに依存し、その依存から抜け出すためにまた別の何かに依存する——そんな堂々巡りを続ける人間が、どうして彼ひとりだけだと決めつけられようか。

ほとんどの人は、もはや何かに依存していなくては生きていけないまでに疲弊《ひへい》しているのではないだろうか？

これまで見てきた、日々増え続ける、これから見ていくであろう、それぞれの患者。ひとたび彼らのことを考え始めると、私でさえ煩悶してしまう。

どうしても明るい未来が想像できず、暗い不安にとらわれてしまうのだ。

「そういうわけで、最近は食事も喉を通らなくなってしまってね」

ひと仕事終えたある晩、私は友人を誘い、酒を酌み交わすついでに愚痴をこぼしたりなどしていた。愚痴の内容はお察しの通りである。

「まったく、世の中はありとあらゆる依存症で溢れている。気の休まる暇もないよ」

私がひとつ大きなため息をつくと、カウンターの隣席に座る友人が言った。

「そういう君は『誰かを依存症と診断する依存症』になりかかっているんじゃないかな。一度、仕事から離れてみてはどうだい……」

しあわせセールス3

貧乏人に金がないのはいつものことだ。しかしながら人間には事実を受け入れて前向きに生きていける者とそうでない者とがいて、ゴトウは誰の目から見ても間違いなく『そうでない』側の者だった。

何かにつけ悪態をつき薄汚れた服を着て、愚痴と恨み言ばかりこぼしながらもうすぐ四十を迎える。周りの人間はそんなゴトウを当然のごとく煙たがり、会社では孤立、結婚もできないまま、少ない給料をタバコとギャンブルで浪費しながら常にイライラし、当の本人はそれら全てを他人と世の中のせいだとかたくなに信じていた。

仕事の帰りにパチンコ屋、大概は負け、勝ったら勝ったで翌日にはまた欲を出し、結局負けて終わる。イライラが募るたびにタバコの本数が増えていき、どうしたって金は貯まらない。

しかしある日のこと、どこから見ても救いようのないこの男に大きな転機が訪れた。

日課か何かのようにパチンコに行っては負け、その日も同じ過ちを繰り返したゴトウが安アパートの二階にある自室で早々にふて寝していた時のことだ。滅多に鳴ることのないドアチャイムの音が、不意にゴトウの耳に響いた。

のぞき穴から外を窺うと、小奇麗なスーツに身を包んだ若い男が立っているのが見えた。歳はおそらく二十代なかばかそこらの、どうやら訪問販売員のようだが、夕方の五時六時をとうに過ぎてからやってくるというのもおかしな話だ。大抵の会社は業務を終えている時間だろうに。ゴトウは男を無視するつもりだった。が、スーツ姿の男のある一点が、見れば見るほど引っ掛かり、扉を開けてやることにした。

男は肌つやこそ明らかに若者のそれであるのに、奇妙なまでにつるりと禿げ上がった頭がどうにもちぐはぐな印象の、奇妙な風貌をしていた。目が開いているのかいないのかわからないくらい細く、口角が異様に上がっていて、顔全体に輝かんばかりの、まさに満面の笑みが浮かんでいた。笑った形の目・鼻・口を張りつけたようなその顔は能面か何かを思わせる不自然さがあり、それでいて悪意らしい悪意も見えない。

「こんばんは。わたくし、しあわせセールス社のフクダと申します」

フクダと名乗ったスーツの男は、ゴトウに対してにこやかに名刺を差し出した。

ゴトウは名刺をひったくるようにして受け取り、小さく舌打ちする。この世の全ての不幸せを臭いものと一緒にフタしたのかというくらいにこやかなフクダの顔は、ささくれ立ったゴトウの心を存分に逆撫《さかな》でした。

その特徴的な笑顔だけはのぞき穴からでもはっきりと見て取れ、あまりに腹が立ったからあえて扉を開けたのだ。適当な言い掛かりのひとつもつけて追い払うつもりで。どうせセールスなどくだらない物売りで、そもそも買う金もないのだからと。

「しあわせセールスだと?」

「はい。わたくしどもは、お客様にしあわせを販売しているのでございます」

大げさな発言のわりに、名刺の文言はシンプルだ。福田幸男――フクダユキオ。この販売員の名前と社名が印刷されているのみである。会社の住所も電話番号もない。

社名だって聞いたことがないし、しあわせしあわせと連呼するのが余計にいかがわしい。普通のセールス自体胡散臭《うさんくさ》さが拭えないものを。

しかしだ。

『しあわせを販売する』と自信満々で聞かされると、多少なり心惹かれるものがあった。特に、どん底の毎日を送り続けてきたゴトウならばなおのことだ。ゴトウも好きで安アパート暮らしなわけでなく、今のみすぼらしい生活からは早く抜け出したいと望んでいた。それも、可能な限り自分が苦労することなく、何かしら都合のいい別のものの力で、と。

全く信用ならないものが出てくれば、それこそ難癖をつけて断ればいい。期待外れなら期待外れで、虫の好かないツラをしたこの販売員をへこませてやるのも乙《おつ》なものだと、ゴトウはとりあえず話を聞くことにした。

「そんなに都合のいいものがあるってのか」

「それはもう。カタログがございますから、順にご紹介いたしましょう」

右手に提げた鞄から、フクダがいそいそとそのカタログを取り出す。器用にページをめくり、取り扱っている商品をゴトウに指差しながら説明する。

「まずはこの『しあわせアロマセット』。お部屋を良い香りで満たし、その日の憂鬱を忘れさせ、しあわせな気分を盛り上げてくれる商品でございます。それから、こちらが『しあわせのタネ』。植えて芽が育つとお部屋に彩りを添え、小さな幸せを届けてくれる商品でございます。他にも、誰かの名前を書くと書かれた人に幸せが訪れる『しあわせノート』などがございまして……」

ゴトウは眉をひそめた。説明を受けた品物のどれもこれもがとにかく怪しげだ。さらに載っている写真は何の変哲もない、近所のホームセンターで目にするのと然《さ》して違いのない程度のもので、にもかかわらず、価格はホームセンターのものと比べて二つ三つ桁《けた》が多い。結局、ゴトウには手の届かないものばかりなのである。

「あんた、見てわからないか？　こんなボロアパート暮らしの俺に金なんざあるわけないだろう」

フクダにあからさまな不快感を示すゴトウ。しかしまだ追い払いはしない。彼は彼で、長引く極貧生活の間にある種のしたたかさを身につけてもいた。何でもいいから、もらえるものがあるならもらっておけばいいのだ。

ゴトウが二の句を継ごうとしたとき、フクダがずい、と身を乗り出した。

「では、とっておきの品をご紹介いたしましょう。しあわせを招く壺でございます」

「ツボだって？」

ゴトウの不機嫌な顔が一瞬だけ緩む。つい失笑してしまったのだ。あからさまに怪しい押し売りが『とっておき』と称して売りつけようとしているのが、よりにもよって、壺。二十年か三十年昔に戻った気分だった。

ははあ、そういうことか。見かけは一応普通のセールスマンだが、こいつは新興宗教の勧誘とか、霊感商法とかの類だ。ちょっとした不運や不幸を悪霊などのせいにして、効き目のないガラクタを高額で買わせようとしている。そうに違いない。

「じゃあ早速、その壺ってやつを見せてくれよ」

フクダは鞄以外の物品を持ち歩いていた様子はなかった。ゴトウがそれを知りつつ品物を出せと促したのは、不手際に難癖をつけることで利得のひとつもかすめ取れたらという下心からだ。たとえそれが、どんなに矮小《わいしょう》であろうとも。

とりあえず凄《すご》んでみたゴトウだが、フクダの反応は芳《かんば》しくない。

「それがですね。かなり貴重かつ特殊な商品でございますから、最初のお客様には資料をお見せして、ご相談するだけの決まりとなっておりまして」

「資料ねえ……」

当てが外れ、ゴトウは肩を落とす。とはいえ資料の中に彼の求めるものが存在する可能性もないではない。ゴトウがちらと興味ありげな様子を見せると、フクダはすぐさま鞄に手を突っ込み、中からは薄い紙を一枚取り出した。何やら色々と印刷された、リーフレットだった。

ゴトウは開けられた鞄にそれとなく視線を落としてもみたが、やや厚みのあるカタログと薄い資料の他は、確かに何も入っていないようだった。

「こちらでございます。当社の新商品『しあわせの壺』、どうぞご検討ください」

ゴトウは差し出されたリーフレットを無言で受け取ると、しげしげと眺めた。

運を集め、あなたにしあわせをもたらします――特にひねりのないキャッチコピーが大きくもないリーフレットの上半分にでかでかと印刷され、その下に壺の写真が載っている。壺自体は目立ったところのない、白磁風のシンプルなものだ。もっと堂々と怪しさを主張する、華美で不気味な色柄がついているものを想像していた。いやしかし、怪しくないのがかえって怪しいとも言える。

壺にはいくつかのサイズがあり、サイズが大きくなるにつれて傍に表記された価格表示も大きくなっていた。さらに価格の横にも、気になる表示があった。

「レンタル料――一か月？」

「はい。先ほどお見せしたカタログの商品は販売品となっておりますが、こちらの壺に関しましては『貸出し』という形をとらせていただいております」

なにぶん、数少ない貴重な品物でございますので、とフクダは付け加えた。

大層な効果を謳《うた》っているからか、小さめのサイズのものでもレンタル料はそれなりにお高い。いや、ひと月程度なら払えなくはないのだ。だが長期間押しつけられるとなると、ただでさえ苦しい生活をより圧迫するのは目に見えている。まがい物を無理矢理買わされるよりはマシだが、貧乏人が無理してまで手を出そうという気にはならない――などと考えていたゴトウの目に、リーフレットのいちばん端、いちばん小さい壺の写真と、ある一文が飛び込んだ。

『おためしサイズ・無料レンタル品』

写真だと花瓶と見紛《みまご》うくらいの、手のひらにさえ載りそうな丸い壺だ。だがそれは、無料。これこそゴトウが狙いをつけていた文言であった。

「なあ、この、おためしサイズってのは？」

サンプル。試供品。つまりは、タダ。たとえゴトウならずとも、人は無料という言葉に弱い。喉元までせり上がっていた罵詈雑言をひとまず飲み込み、ゴトウはフクダをねめつける。

「はい。まずは効果を実感していただくために、ひと月のあいだ無料でお試しいただける品をご用意しております。お金はお客様に納得していただいてから、というのが当社の旨とするところでございまして」

怪しいものを売ろうとするわりに、やけに『きちんとした』会社だ。満面の笑みから他の感情をうかがい知ることはできないが、フクダが嘘をついている風でもない。

ゴトウはがぜん、この壺に真剣に興味がわいた。

身銭を切らなくていいということであれば、試してみる価値はあるのではないか。もしかして、得が転がっているのかもしれないこの状況、みすみす逃すのはもったいない。

しかし警戒するにこしたことはなく、クギを刺すのも忘れはしない。

「回収するときに屁理屈こねて、法外な値段で売りつけるつもりじゃないだろうな」

「ご安心ください。わたくしどもはお客様のしあわせを願うものでありますから、そのような行為は決していたしません」

「ほう。ならばその壺とやら、試させてもらおう」

「ありがとうございます。明日、準備ができ次第お持ちいたしましょう。明日もこの時間はご在宅でいらっしゃいますね？」

うむ、とゴトウが短く頷くと、フクダも手短に別れの挨拶をして去っていった。

翌日、ゴトウが勤めを終えた夕方に、フクダは言葉通りにやってくると、簡単な説明とともに、例の小さな壺と、説明書と思《おぼ》しき紙をゴトウに手渡した。

「おためしサイズのご利用は一か月限定となっております。来月になりましたら、わたくしが商品を引き取りに伺いますので」

また一か月後に。フクダはやはり手短な挨拶を残して去っていった。

「本当に、こんなもので幸せになれるのかよ」

ゴトウはまだ言葉では疑いながら、いざそうなる可能性が出てくるとついあれこれと想像してしまう。欲求不満は掃いて捨てるほどあるのに、それが満たされた試しはまるでなかった。しあわせとは、ゴトウにとって憧れに近いものだった。

しあわせな自分を想像してはあり得ないと掻き消す、そんな不毛な思考の堂々巡りを何度も繰り返し、結局ゴトウは半信半疑のまま、その日は風呂も入らずに寝てしまった。

＊

フクダの説明によるとだ。

壺は部屋のどこに置いてもいいという話だった。押入れの中でも、トイレの傍でもいいらしい。ただどちらかといえば時おり風にあてた方が効果が期待できます、とのことだったので、戸締まりは忘れないまでも壺は窓際に置いておくことにし、ゴトウはそのまま仕事に出かけた。

特に目立ったご利益《りやく》もないまま一日が終わり、面白味もなく生活費を稼ぐためだけに仕事に従事して、ゴトウはいつものようにパチンコ屋に立ち寄った。壺のことなど、会社を出る頃にはすでに忘れていた。しかし。

「何だ、今日はやけに引きがいいぞ」

適当に座ったパチンコ台の前で、ゴトウは思わずつぶやいた。

ゴトウが選んだのは今週導入されたばかりの新台——ではなく、しばらく前に導入されたものだった。新台が空いてないからと渋々座った台だったが、二千円ばかり入れたところで当たりを引き、タバコに火をつけるのも忘れて玉を右打ちに切り替えた。あまり連続当せんはしなかったが、それでもここ最近の負け込み方と比べると出玉は上々だ。いつもならここで熱くなり結局マイナスにしてしまうのがゴトウという男だったが、この日は何となく満足して、早々に店から引き揚げた。

博打《ばくち》にのめり込まなかった分帰りは早くなり、ゴトウはまだ少し明るさの残るうちに部屋の扉を開けた。すると見慣れない白い物体が目について、ゴトウはようやく壺の存在を思い出した。あの訪問販売員に持ってこさせ、大した期待もせずに窓際にうちやっていたしあわせの壺。

「まさか……?」

ゴトウは壺を手に取り、しげしげと観察した。まるでおもちゃのような、どこから見ても白いだけの、普通の壺だ。写真だと陶器のように見えたが、実際に手に取りよく触ってみると金属でできているのがわかった。白く塗られて何の金属かまで察しはつかなかったが、そこまでいちいち調べる気も起きなかった。

壺を元の場所に戻し、次に説明書を読んでみた。説明書といっても二つにたたまれた紙が一枚だけの簡素なものだ。書かれた文言自体もフクダの話と大差ない。使用上の注意として、中に物を入れない、壺の存在を口外《こうがい》しないという二つのみ赤字で書かれていた。最後に管理について、壺本体を紛失、または修復不可能な傷をつけてしまった場合には金を払ってもらう、とも書かれていた。

盗みに入られたり、大きな地震でも起きたりしない限りは置いておくだけでよいということだ。そもそもしあわせの壺と豪語するくらいだから、そういった心配もなかろうとゴトウは考えた。まだまだ簡単には信じられなかったが、壺の正体が何であれ、効果さえちゃんと発揮されればいいのだ。

その日以降もゴトウはパチンコ屋に通ってみることにした。ひとつの実験だった。あの壺が本当に持ち主をしあわせにするなら、収支は必ずプラスになるはずと期待してのことだ。ひとまず半月の実験を経て、ほぼゴトウの望んだ通りの結果が出た。

負ける日もあった。実験中には『今一つ気の乗らない日』というのが数日あり、そういう日は決まって若干のマイナスを出した。自分でそれがわかるようになると、まっすぐ家に帰るようになり、余計な負けがなくなるとゴトウの満足感はより大きくなった。

スーパーで惣菜の値引きを待たなくともよくなり、晩酌が発泡酒からビールに変わった。わずかながら金銭的な余裕ができたという事実は心に大きな安息をもたらした。小さな変化でも、しあわせには変わりない。

そしてひと月。フクダが再び訪れる頃には、ゴトウは毎月の給料に加えて、さらに二割から三割程度多い金を手にしていた。給料日でもないのに財布に万札が入っている。それだけでゴトウは浮き足立った。

「この壺だ。この壺は本当に俺に幸せをくれる」

ゴトウはひとりで壺を前にしてにやつく。やがてドアチャイムが鳴ると、ゴトウはすぐさま玄関のドアをはね開けた。ひと月前には鬱陶《うっとう》しかったはずの笑顔と禿げ頭には今や後光が差しているかのようですらある。

「待っていたぞ」

今日のフクダは、この前も見た鞄の他にもう一つ、三十センチ四方の四角い箱を持ってきていた。小さな壺は今日をもってフクダに返却しなければならない。となると、箱の中身が何であるか、想像するに難くなかった。

「ゴトウさま、お久しぶりでございます。しあわせの壺の効果はいかがでございましたか」

「ああ、悪くないな。このひと月、確かに俺はしあわせだった」

「それはよろしゅうございました」

フクダは馬鹿丁寧に辞儀をして、直後にわざとらしい困り顔をした。

「しかしながら先日も申し上げました通り、『おためしサイズ』の無料レンタルは一か月限り、かつおひとり様一度限りとなっておりまして、今月以降も利用をお考えの場合には有料版をお借りいただかねばなりませんが」

「資料を見せてもらおうか」

即答は避けたものの、ゴトウの心はすでにフクダと、彼の携えてきた『しあわせの壺』に大きく傾いていた。小さな試供品でも効果があったのだから、金を出せばもっと効力の高い壺が借りられるに違いない。試供品の次に大きい、有料版の中では最も小さな壺で、レンタル料は税込一万円。このひと月での『稼ぎ』を考えると支払いは簡単だ。だがゴトウは、『その稼ぎ自体が本当はよくできた偶然では』という疑念を捨てきれないでもいた。これまでに、美味しい話に乗っかっていい目を見た経験などなかったからだ。

さらにゴトウの貧乏性は、ギャンブル以外において数千円以上を支払うことに拒否反応を示すまでになっており、ゴトウは資料を読みながら何度も、決めようとしては踏みとどまっていた。

「もしお悩みでしたら、実物をご覧になりますか」

「頼む。是非確認したい」

フクダの持ってきた箱の中身はやはり壺だった。サイズからしてゴトウが今まさに迷っている月額一万円のもので間違いない。試供品をそのまま大きくしただけの、口が広めに作られた白い壺。ゴトウは審美眼など持ち合わせていなかったが、無駄のないデザインは改めて観察すると高級感さえ漂っているように思えた。

「これが一番安いやつか。それでも無料のよりは効果があるわけだな?」

「そのとおりでございます」

「よし、わかった。これからはこの壺を借りよう」

効果を体感し、実物を目にし、フクダの営業スマイルに背中を押されて、ゴトウは新しい壺を借りることにした。ゴトウの胸のうちで期待感が大きく膨らむ。もし期待外れだったとしても、難癖をつけるという選択肢が消え去ったわけではない。

「では今日お持ちした壺をそのままお使いください。扱い方はサンプル品と変わりございませんので」

空になった箱に、フクダが手のひらサイズの壺を収める。持ち運ぶ際に揺れそうだが、その程度の衝撃なら問題ないともとれる。とても繊細とは言えないタイプのゴトウは少しだけ安心した。

「また来月、集金に伺います」

「集金？」

そういえば銀行口座だとか引き落としだとかいう単語は一切聞かれなかった。煩雑《はんざつ》な手続きが要らないのは結構だが、どこまでも時代に即していない感はある。

「はい。その時に合わせて壺の状態も確認させていただくことになっております」

なにぶん、数少ない貴重な品物でございますので、とフクダは繰り返した。

まあ、今更気にすることでもないか――ゴトウはまた深々と辞儀するフクダに、慣れない作り笑いで対応しておいた。

＊

それからのゴトウの変わりようは誰の目から見ても明らかで、会うたび会うたび周囲の人間をことごとく驚かせていた。

ギャンブルで勝ちが続けば多少なりとも金回りも良くなり、前にも増してストレスが減るとともにタバコの本数が減っていった。本格的に金銭的な余裕ができてくると日常にもゆとりが生まれ、着古し薄汚れた衣服は新しいものへと取り換えられた。まだ決して成金のような贅沢《ぜいたく》ではなかったが、それまでが非常にみすぼらしかったために、まるで違う人間に成り変わったかのように見られることもしばしばだった。

ある休日のことだ。壺を前にあれこれと妄想を繰り広げていたゴトウを、突然鳴り響いた着信音が現実に引き戻した。携帯電話にはよく見知った名が表示されていた。

「ムラタか、何だ急に」

電話をかけてきたのはゴトウの酒飲み仲間のムラタだった。互いに居酒屋で一人飲みしていたところ、酒の勢いもあって意味もなく盛り上がってしまい、以降十年来の友人である。何の話で盛り上がったのかは最早どちらも覚えていない。

ムラタからの、あるいはムラタへの電話で、用件といえば常に一つしかない。

「数少ない友人に何だはないだろ。最近飲みに行ってなかったからよ」

飲みの誘いだ。確かにムラタの言う通りで、ゴトウはここ最近ムラタと会っていなかった。ひとえに酒を飲む金がなかったからだが、今や状況は変わっている。安酒の一杯をちびちび啜《すす》って間を持たせる必要はもうない。

「今晩どうだいゴトウ。いつもの店でさ」

「ああ。久々に飲みに行くか」

かつてここまで気持ちよく飲みの誘いを受けたことがあったろうか。金の心配をしないでいいのは何ともしあわせだと、ゴトウは思わず壺に向かって手を合わせた。

日もすっかり落ちてから、繁華街の飲み屋まで車でしばらく。これも久々に浴びること となったネオンの明かりに眩《まぶ》しささえ覚えながら、ゴトウはとある居酒屋の引き戸に手を掛けた。中ではすでにムラタが一杯ひっかけていて、入ってきたのがゴトウだとわかると そのほのかな赤ら顔を向けて手招きした。

「あれ。お前、ちょっと見ないうちにえらく小奇麗になってるじゃねえか」

ムラタも他大勢の例に漏れず、すっかり変わったゴトウの身なりにまず驚嘆した。

「まあ……最近、ツキが回ってきたもんでね」

壺のことは話せない。ゴトウは言葉を濁したが、ツキが回ってきた、というのはあながち嘘でもなかった。実際に回ってきたのは壺と奇妙な訪問販売員だったのだが。

ゴトウは口の端をつり上げた。ひたすら気分が良かった。

ムラタも世間一般と比べれば豊かな暮らしをしているとは言い難いものの、以前までのゴトウと比較したならばそこには明らかな差があった。ゴトウのようには落ちぶれてはおらず、何とか普通の範疇《はんちゅう》に収まる、普通の人物だった。

ゴトウには、自分は普通以下、つまりムラタよりも下だという自覚があった。衣服だけでなく、立ち振る舞いから感じられる気力のみなぎり方からもそれは明確だった。友人として付き合いながらも、人並み以下の暮らしを余儀なくされて精気のない自分が、溌剌《はつらつ》とした表情のムラタの隣に並ぶと、どうしても生活水準の差を意識してしまう。これまで何度彼をうらやんでは自分を惨めに思ったことか。

それが今、ついに対等な人間として、自分を卑下《ひげ》することなく付き合うことができるようになったのだ。

「ちぇっ。俺なんざ、このところさっぱりだ」

加えて、今日のムラタはガラにもなくしょぼくれた顔をしていた。酔いで誤魔化しているつもりのようだったが、いつもの気概はなりを潜《ひそ》めていると、付き合いの長いゴトウにはわかった。

「どうした。お前が愚痴るなんて、珍しいこともあるじゃないか」

いつもは愚痴をこぼすのがゴトウ、聞き役に回るのがムラタだった。ゴトウは優越感をひた隠して、ムラタの話に耳を傾けた。

「どうも運が悪いってのかな。馬もボートもパチンコも全然勝てやしない。ほんの一か月か二か月前まではいい小遣いになってたのによ」

「たまには負ける月もあるだろう」

「そりゃそうだが。あんまりムキになっちまったもんで、女房の機嫌も良くなくてさあ。さすがにやってらんねえつうか」

ヤケ酒というわけだ。ゴトウもつい先日まで似たような状況、いや適度にヤケになる金すらなかった分悲惨だったわけで、ムラタの心境はよく理解できた。またムラタが自分を相手にこういう風に不満を漏らす日が来るなどと想像もしていなかったので、ゴトウは彼を憐れみさえした。

「ムラタも大変なんだな。よし、今日は俺が奢《おご》るよ」

「うへえ、一体どんな風の吹き回しだよ？」

徳利《とっくり》を傾けながらのゴトウの申し出に、ムラタはまた大げさに驚いた。しかしムラタも拒否はしないで、ここぞとばかり日本酒を新たに注文した。

「だがありがてえ。本当言うと、今月の小遣いがもう厳しいとこなんだ」

月末まではまだ間がある。ムラタはすがるように言いながら、苦笑いで取り繕《つくろ》った。様子からして、どうやら本当に苦しいのだろう。

ゴトウは友人に悪いとは思いつつも、つい顔の緩むのを止められなかった。


どうやら俺は本当にしあわせになったらしい。

ゴトウがそれを強く感じ取ったのは、ムラタとの酒の席だけのことではなかった。職場でもムラタとよく似た反応をされたのである。特に、急に仕事に前向きになったのが不思議だったらしい。

ゴトウとしては単に心境の変化と言う他なかった。ストレスが激減したおかげで、マイナスだったやる気がゼロに戻った、あるいは若干のプラスに転じただけのことだった。しかし顔つきの変わったゴトウのもとには多くの同僚が成功論を聞き出そうと寄ってきて、理由を尋ねられるごとに、ムラタにしたように『最近ツキが……』という話をすると、皆が皆ゴトウをうらやんだ。少し前まではタバコの煙と同じに煙たがられていただけのゴトウがだ。

そして建前上の称賛がされると後に必ず自虐めいた不幸自慢がついてきて、次から次に聞かされた。それは苦痛でしかなかったが、これまで自分を馬鹿にしてきた奴らの上に立ったのだという実感はあった。

「いいよなあ。俺なんて最近失敗ばかりで」

「また小遣いを減らされたよ。独り身がうらやましいくらいだ」

「この頃子供が言うことを聞かなくなってきて」

『こいつら皆、ひがんでいるだけではないのか』とさえ感じるゴトウだったが、悩み自体は特別なものでなく、それこそどこにでも掃いて捨てるほど転がっていそうな話ばかりだった。それは今まで自分の身しか案じられないまでにやさぐれていたせいで、目にも耳にも入らなかっただけかもしれなかった。

「辛い状況にも一生懸命耐えていれば、いつか報われる時がくるのだ」

ゴトウはここぞとばかりに高説を垂れた。言うまでもなく全員を見下していたが、これも彼のしあわせの一部だった。

しあわせの壺を手にする前のゴトウは、口々に不平不満を漏らす人々よりまだ下にいて、見下されるのにうんざりしていた。ゴトウは二度とこうはなるまいと胸に誓った。

*

フクダに一万払い続けて半年が過ぎた。ゴトウは今のボロアパートから引っ越すことにした。

次もアパート一部屋には変わりない。だがもっと広く、もっと清潔なところだった。耐震基準を満たしているのかどうかも怪しい昭和の残骸のような建物から、日当たりのよい現代型ワンルームへと移るのだ。ゴトウはそれだけの金を得ていた。

「……そういうわけで、次からはこの住所に来てほしいのだが」

「承知いたしました。ここからあまり離れてもおりませんし、引き続きわたくしがお伺いいたします」

すっかり毎月の恒例となった集金の日、ゴトウはフクダに新しい住所をメモした紙を手渡した。

「やっとこのアパートを出ることができる。これもしあわせの壺のお陰だ」

ゴトウは壺の効果に心酔していた。給与は上がり始め、ギャンブルはほぼ負けなし、体調まで改善していたのだからもう疑う余地がなかった。だがしかし、味を占めると欲を出す部分は変わっていなかった。

「ところで、資料にはもっと大きな壺も載っていたな？」

「おっしゃる通りにございます。ご覧になりますか」

ゴトウは何か月ぶりかに再び資料を読んだ。資料にはやはり、さらに大きな壺が何種類か載っていた。気になるところは、やはり値段。壺が大きくなるごとにレンタル料が一桁ずつ上がっている。今借りているのよりもう一段階大きな壺のレンタル料は十万円となっている。

「十万か」

いくら稼ぎが増えたとはいえ、月に十万は大金だ。それだけあれば自分をもう一人養うことさえ不可能ではない。しかし壺の効果を充分に知ったゴトウとしては、自分にとってのしあわせ、即《すなわ》ち金に始まり酒だの女だのをもっと堪能したいという気持ちを抑えるのも難しい話だった。

「より大きなしあわせをもたらす分、効果が出るまでに少々時間がかかるおそれもございますが……」

フクダにしては歯切れが悪い。フクダが言いよどむなどこれまでになかったことだから、ゴトウにも若干の不安が過《よぎ》った。

「はっきりわからないのか?」

「もちろん商品には自信を持っております。しかしながらこの『しあわせの壺』は、長期間ご使用になられたお客様がまだ多くないものでして、ご意見ご感想などをあまりいただけていないのが現状でございまして」

「つまり、効果が出るのが本当に遅れるかどうかも、遅れた場合はどのくらいの期間になるかも、データが足りずに断言できないのか」

「左様でございます」

なにぶん、数少ない貴重な品物ですので、とフクダは付け加えた。さらに今日はもう一つ、「ゴトウ様はつまり数少ないオーナーのひとりなのでございます」とも。

モノが簡素な作りの壺とはいえ『数少ないうちの一人』と言われると気分がいい。壺の価値に気づいているのはここら一帯では自分だけかもしれないのだ。

だがもし別の誰かがこの壺のうまみに気づいてしまったらどうか。他人のしあわせを素直に喜べるほどゴトウは高尚《こうしょう》でもなかった。

「よし。ここはひとつ、俺がもっと大きい壺を試してやろう」

「と、おっしゃいますとゴトウ様、ご決断なされたのですか」

自分が大きな壺を持っていれば、他の人間が同じサイズの壺に手が出せなくなる可能性は高まる。

ゴトウは自分よりしあわせな人間を見るのが心底嫌だった。心の安寧《あんねい》をより確固たるものにするため、それはつまり自分がしあわせであり続けるために、ゴトウは壺を今より大きなものに替えることにした。

「うむ。この月額十万の壺を借りよう」

「ゴトウ様、さすがでございます。この壺は慧眼《けいがん》と決断力の両方を備えられたゴトウ様にこそ、最もふさわしいものでございましょう」

職業柄か、フクダは見え透《す》いたお世辞が板についている。見る目と思い切りはともかく、フクダが重ねて貴重と口にする壺をわざわざ人の手に渡すつもりはすでになかった。先取りされてしまえばそれは不幸に他ならない。少なくとも、ゴトウにとっては。

「持ち運ぶには少々かさばる品でございます。お引っ越しが一段落したのちにお持ちいたしましょうか」

ゴトウは一刻も早く壺を手にしたかったものの、数少ない注意事項の一つが頭にちらついた。引っ越しの邪魔になるのは確かに困りものだ。移動や運搬にミスが出れば壺が深刻なダメージを受けないとも限らない。自《おの》ずと慎重になった。

「……そうだな。借りるのは来月から、身の周りが落ち着いてからにしよう」

「承知いたしました。では、そのように手配いたします」

翌月、ゴトウの新たな住まいにフクダが持ってきたのは、一抱えもあるとても大きな壺だった。白い壁紙のおかげでデザイン的な不和は前のアパートよりも軽減されたが、今度は大きさだけで充分に存在感を放っている。せっかく少し広くなった部屋の一角を壺が占有するのかと思うとゴトウはやや複雑な気分になったが、なにこれだけ大きな壺があれば家の一つくらいは手に入れられるだろうと、前向きにとらえることにした。

「これだけ大きな壺になると、もう一つの注意事項も気になってくるな」

壺の存在を口外しないこと——もちろん他人に漏らしたことはないが、どうやっても隠しきれない大きさの、となるとおちおち人も呼べないのではないか。しあわせを求めて壺を大きくしてきたのに、それがペナルティの原因となっては本末転倒である。

「心配はございません。あくまで『しあわせの壺』の存在を知られてはならない、ということでございます。他の方には『普通の壺』としておいていただければよろしゅうございます」

少々見られる程度なら何も問題ない、そう聞いてゴトウは胸をなで下ろした。

「それを聞いて安心した。この壺にどれだけのしあわせが舞い込むのか、今から楽しみだよ」

去り際のフクダに、ゴトウは彼にも劣らぬ笑みを見せた。いくらか高くついても、これでまた高みから見下ろせる人間の数が増えるのだと考えると、ゴトウの胸はより高鳴った。

ゴトウが壺の恩恵に与《あずか》るまでに時間はかからなかった。フクダが心配していたいわゆる〝しあわせの遅刻〟もなく、壺が置かれた次の日にはもうゴトウは大金を手に入れていた。大金といっても『貧乏暮らしの長かったゴトウからすれば』という額ではあるが、給料も合わせてひと月三十万から四十万程度の収入だったものが、一日で十万二十万となれば欣《きん》喜《き》雀《じゃく》躍《やく》したとて無理からぬ話だ。

手段は相変わらずギャンブルである。苦しい生活を強《し》いられてなおのめり込んでいたものであるから、人からどう思われようがゴトウがしあわせなのには変わりなかった。そもそもゴトウはしみったれた遊びしかしてこなかったせいもあって、ギャンブル以外での資産運用などは考えもしなかった。金儲けの手段をあまり知らないのはひとえに知恵も経験も足りないからで、となると当然金を消費する手段も限られてくる。

「おおムラタ、俺だ。ちょっと飲みに付き合えよ」

夕方、空が暗くなり始める前に、ゴトウは自分からムラタに電話をかけた。ゴトウの記憶にある限りでは自分から連絡をしたのは初めてだった。ゴトウはいつも誘われる側で、そうなっていた原因は詰まるところ金がないからだった。

「ゴトウか。お前の方から電話なんて、明日は雨か雪でも降るんじゃねえのか」

「ははは。たまにはそういう気分になる日もある。で、どうだ？」

ムラタは戸惑っているようだった。たまの博打と酒以外に趣味らしい趣味も持たず、大概暇を持て余しているムラタなら急な誘いにも必ず乗ってくるはずだ——ゴトウはそう踏んで連絡したが、そういえば奴は家庭を持っていたのだと思い出した。夕食どうこうで揉《も》めたのかもしれない。

「よし。せっかくの誘いだ、一杯やろうじゃないか」

ややあって、ムラタはそう言った。ゴトウはムラタの返答に満足して電話を切ると、身支度もそこそこに部屋を出た。場所はいちいち告げるまでもない。ゴトウとムラタとの間で飲みといえば、特別な事情でもない限りは行きつけのあの居酒屋だ。時間を合わせるのも稀で、先に着いた方が適当に時間をつぶして待っているのが常だった。ちょうど、前にムラタから誘われた時と同じように。

今日はゴトウが先に店に到着して、適当にカウンター前の空いた席に座った。店主に後から連れが来る旨を告げると、店主は一言短い返事をした。ゴトウもムラタもこの居酒屋を利用して長い。二人連れ立って飲んだくれているうちに顔も名前も覚えられてしまって、ずいぶん融通がきくようになっていた。

週末か、次の日が祝日でもない限り、平日の夜に全ての座席が埋まるのは稀《まれ》だ。隣の席を空けてもらいつつ、ゴトウは金ができてから飲むようになったお気に入りの焼酎を、湯割りでのんびりと傾けた。グラスが半分ほど空いた頃になって、背後から声が掛かった。

「お。やってるな、ゴトウ」

声の主はもちろんムラタだ。ゴトウの姿を確認するなり、とりあえずのビールを頼んで、ゴトウの隣に腰かけた。

「遅かったな。奥さんに何か言われたか?」

「ああ、お祭しの通りだよ。飲みに行くっつったら急に不機嫌になりやがって、稼ぎだの家計だのと、くどくどとな」

ムラタは大げさに肩を竦《すく》めた。冗談半分のつもりで聞いたゴトウだったが、想像したより深刻で、どうも夫婦仲は改善されていないらしい。むしろムラタの恨めしげな口調からするとより悪化しているのではないかとさえ疑われた。

「まったく。俺だって仕事で毎日くたくたなんだ。たまの飲みくらい気持ちよく送り出してほしいもんだ」

ムラタは運ばれてきたビールを一気に飲み干した。ストレスが溜まっているのがよくわかる。

「上手くいってないのか、最近」

「何もかもな」

ゴトウが怪訝な顔で聞くと、ムラタは吐き捨てるように言った。ムラタはもう一度ビールを注文すると、今度は少しずつそれを飲みながら、ぽつぽつとゴトウに語り始めた。

「仕事がどうも捗《はかど》らねえ。急に上司とそりが合わなくなってきやがった。俺のやり方に逐《ちく》一口《いち》を出してきやがるんだ。それだけじゃねえ、上と折り合いが悪いせいで、部下からも白い目で見られちまう。これじゃあ針のむしろだ」

どこかで聞いたような話だと、ゴトウは首をひねった。今のムラタの姿が過去の自分の姿とよく似ているのに気づくまでに、さしたる時間はかからなかった。

では今のゴトウはといえば、目立ちに目立っていた態度の悪さがなくなってにわかに上司や上役の覚えがよくなり、職場でもそれなりに充実した時間を過ごしていた。仕事で充実感を得るなど長らくなかったことなので、ゴトウも自分自身に驚いていた。

家庭だけでなく仕事でも悩みを抱える羽目になったムラタとは正反対で、何を言っても嫌みに聞こえてしまいそうだった。自分から誘っておいて相手の機嫌を損ねるわけにもいかない。ゴトウは、大変だな、と無難な相槌《あいづち》を打つだけにとどめておいた。

「やれやれ。俺もゴトウみたいに誰かに奢ってやるとか言ってみたいもんだ」

「おいムラタ、金は充分あるのか」

ムラタがあまりに数か月前の自分を髣髴《ほうふつ》とさせるので、ゴトウは思わず聞いた。

「いやいや、そこまで心配するな。まさか今日まで奢ってもらおうとか思っちゃいないよ。

単なるぼやきだ。あんまり人を当てにしちゃあ男がすたる」

「さすがムラタだ。まだまだ落ちぶれちゃあいないな」

昔の俺を下回ることはできまい、と冗談を交えるゴトウ。

ムラタは胸を張ったが、ゴトウはそれが見栄を張っただけだと、昔の経験から勘づいた。見栄しか張れないのも情けなくはあったが、だからといって下手に優しくされると余計に虚しさが募るものだ。実際にはかなり窮《きゅう》しているのであろうムラタに、ゴトウは騙《だま》されたフリをしておいた。


休日ごとに荒稼ぎするようになったゴトウは月に百万単位の金を得ることも珍しくなくなった。手元に金が余りだすと、ある考えが頭をもたげてくる。

——もうギャンブルだけで生きていけるのではないか?

自身でもくだらないと思いながらつい妄想せずにいられなかった、一種の夢だった。子供が特撮ヒーローやアニメのキャラクターに憧れるのと同じ、絵空事に近い夢だ。しかしあわせの壺の力により、それが実現可能なところまできている。

仕事後、あるいは休日だけでも生活に困らない稼ぎがあるのだから、これがもし一日中ともなれば――現実はとてつもなく甘くなって、しきりにゴトウを誘惑した。

ゴトウは仕事を辞めることにした。しあわせの壺についてはもちろん、ギャンブル一本で生活していくとも告げなかった。ただ、好きなことで食っていける算段がついたのだ、とだけ説明した。

同僚たちはまた彼をうらやみ、まるで気のないおめでとうお達者での後には、何らかの儀式のように自分の境遇に対する不平不満を漏らした。

「ちくしょう、俺このままじゃクビになりそうで怖くてさあ」

「最近、女房が冷たくてさあ。何でこうなっちまったのか……」

「子供のことで学校に呼び出されるなんて考えてもみなかった」

誰もが順当に不幸の坂道を転がり落ちていた。まるきり自分の逆を行くムラタの変わりようだけは思うところもないではなかったが、普通の人生など歩んでいるとあるいはどこかでそうなるものなのかもしれない。たまたま、近くにそういった人間が多かったのだろう。ゴトウはこの時はさほど気に留めなかった。生ぬるい笑顔でのらりくらりとやり過ごしながら、俺はもうお前らとは違うのだと心の中で毒づいた。

＊

フクダに十万払い続けて一年が過ぎた。ゴトウはすっかり富裕層に仲間入りしていた。ギャンブルでの稼ぎは増え続け、その大半をパチンコが占めていた。もっと荒稼ぎしようと思えばできなくはなかったが、他のプロたちに目をつけられたり、店から出入り禁止を食らったりしないかと心配になったので、控えめな立ち回りを心掛けていた。

ワンルームはまだ借りたままでいた。一人で過ごすのにそれ以上が必要ないからだ。一種の倹約といってもよかった。その分住居を除く身の周りのあらゆる品には金が掛けられていた。車、時計、財布、服、その他小物に至るまでブランド物ばかりになっていた。まだ少年だった頃にバブル期の価値観を植えつけられたゴトウの、考えられる限りの贅沢だった。

「ゴトウ様、とてもお幸せそうでございますね」

「わかるかねフクダくん。君のお陰で俺は今、この世の春を謳歌《おうか》しているよ」

集金に訪れたフクダに、ゴトウはあからさまに金の臭いのする純金のネックレスをちらつかせながら白い歯を見せた。本人は気づいていないが、身に着けているもの全て似合っているとは言い難かった。突然アイテムの質だけが向上してしまい中身が伴っていないからだが、無論フクダもそんなことはおくびにも出さない。

「ずっと負け続けだったのだ。これまでの負けをどんどん取り戻していかないとな」

単純に金額だけを引き合いに出すと、ゴトウのしみったれた負け分はすでに取り戻されて久しい。しかしゴトウにはまだ欲があった。

モノはそろそろ充実してきた。次は女だ。

贅の限りを尽くしてしあわせを貪っていたゴトウだったが、彼はまだ結婚していなかった。女性との付き合いもないままだった。理由は簡単で、ゴトウの女性に対する理想があまりに現実とかけ離れているからだ。彼は恋人や伴侶《はんりょ》というよりは『都合よく、自分の意のままに働く奴隷《どれい》』を求めていた。そして、ゴトウに人を従える能力はいまだない。

まだまだ野心は燃えている――ゴトウがわざと思わせぶりな態度を示すと、フクダもそれを見逃しはしなかった。

「いかがでしょう。ゴトウ様ほどのお方であれば、もっと大きな壺をお持ちになってもよろしいかと思いますが」

「む、そうだろうか？」

ゴトウは一応引いてみせたものの、内心ではフクダの進言を絶賛していた。もうそろそろフクダの方から切り出してくるはずだと、ここ数か月の間新しい壺の話を心待ちにしていたのだ。

「それはもう。お値段こそ増してしまいますが、ゴトウ様なら気にするまでもございませんかと」

この一年で資料のリーフレットは何度も確認してある。次に大きな壺はレンタル料として百万ずつ払っていかなくてはならない。しかしゴトウは考えられる全ての欲望を満たすために、ひいてはより完璧なしあわせを得るために、もっと大きな壺を借りようと前々から決心していた。

「よし。フクダくんがそこまで言うなら、是非ともその壺を借りよう」

「ありがとうございます。実はゴトウ様ならきっとそうおっしゃると思いまして、もう壺の用意をすませてきております」

「おお、さすがフクダくんだ。客の要望をよく理解している」

「お褒めに与りまして光栄でございます。では早速運んでまいりますので」

資料には幅、奥行、高さ全て、約九十センチだと書かれていた。一般的な扉を通り抜けられる限界のサイズだ。非常に大きいことはわかるが、実物を見てみないことにはイメージがつかめない。一体どのような壺なのかと玄関から外をうかがうと、軽トラックの荷台に巨大な箱が載せられているのが見えた。助手席にはもう一人、作業服姿の男が座っていて、フクダの指示で箱の解体と壺の持ち運びを手伝っていた。こちらはフクダのような特徴的な容貌はしておらず、作業帽を目深にかぶった、普通の男らしかった。

二人がかりで抱えられてきた壺は、体勢次第で中にゴトウが二人は収まりそうなくらいに大きかった。玄関を通らないのでは、とさえ思われた。

「床が抜けたりしないだろうな」

さすがのゴトウも壺のあまりの大きさに不安を隠せないでいた。するとフクダが間髪をいれずに切り返す。

「その前に、ゴトウ様によりふさわしいお住まいが手に入りましょう」

フクダの口車も堂に入ったもので、ここ最近はゴトウを調子づかせるのに一役買っていた。ゴトウ自身も世辞だと理解してはいたが、特に不都合もないのでフクダに言わせるままにしていた。今やゴトウはフクダに全幅の信頼を寄せていた。

「はっはっはっは。もし家を建てた時にはフクダくんも見に来てくれたまえよ」

十万の壺では女性やマイホームには届かなかったが、百万ならば。

ゴトウの下卑《げび》た笑いが辺りに響いた。

巨大な壺が部屋に鎮座してからしばらく、ゴトウの携帯電話にムラタから着信が入った。羽振りのよくなったゴトウとは対照的に、ムラタはここ一年でこれまで以上にひどく生活が乱れているようで、彼からの連絡は久しぶりだった。

飲みの席での立場は完全に逆転し、もっぱらゴトウが愚痴聞き役を務めていた。どうもゴトウのもといた職場のその他大勢と同じように、仕事や夫婦仲がことさら上手くいかなくなってきたという話らしい。初めのうちは憂さ晴らしの飲みの誘いが増え、その後に徐々に減っていき、最後に話をしたのは三か月も前だった。おそらく金が底をつき始めたのだとゴトウは直感した。

「ようムラタ。またヤケ酒か？」

「そうだよ。今から付き合ってくれよゴトウ、お前しかいないんだ」

急な誘いだ。電話の向こうのムラタはずいぶん荒れているようだった。これが赤の他人であれば嘲《あざけ》ったところで何の呵責《かしゃく》もなかっただろうが、相手は旧知の仲のムラタである。かつては文句も言わずゴトウの愚痴に付き合ってくれた友人であり、その友人の変わりようには、ゴトウも多少なりとも心を痛めるまでになっていた。

「――いい店を知ってるんだ。存分に楽しもうじゃないか」

ゴトウは自分の車を出し、ムラタを迎えに行く旨を告げた。間もなくゴトウがムラタを乗せて向かったのは、行きつけの居酒屋ではなく、いかにも高くつきそうな寿司屋だった。当然ながら皿が回ってなどいない。ゴトウが道楽に明け暮れる中で見つけた、お気に入りの店の一つだった。

「おいおい、えらく高そうだけどよ、金なんてそんなに持って……」

「気にするな。俺とおまえの仲だろう」

狼狽するムラタを制して、手近な席に座らせる。いつもの居酒屋と比べればかなりの高額になるが、今のゴトウには二人分の食事代などはした金だ。

「そうかい？　じゃあ、遠慮なく」

二人ともが好き好きに注文し、旨いものを食べ、少しばかり上等な酒を酌み交わしながら話をした。酔いのお陰もあってムラタは緊張がほぐれ、ため込んでいた不満を一気に吐露し始めた。

「俺さあ。女房と別れようかと思ってて」

「冗談だろ？　昔はあれだけ仲良かったのに」

「今じゃあ険悪そのものさ。しかもだぞ。ウチを追い出されそうなのは俺の方なんだぜ。全部お前のせいだ、とか偉そうに言いやがって。普通逆だろうがよ」

俺が建てた家なのに、まだ住宅ローンも何十年と残ってるのに、とムラタは絞り出すように続けた。やりきれなさが滲んでいた。

「何でそんなことに」

「博打で負け始めたのが運の尽きさ。金がらみの喧嘩《けんか》が増えて、結局上手く収まらないまま来ちまった」

博打の負け。ゴトウはいつだったかムラタからそんな愚痴を聞かされたのを思い出した。ちょうど、しあわせの壺を初めて借りた頃のはずだ。するとこの一年半から二年弱の間、本当にムラタの運は尽きたまま回復しなかったらしい。

ゴトウのしあわせが増し続けていたのと時を同じくして、無二の友人であるムラタのしあわせは減り続けていた、とは何とも皮肉な話だ。

「追い出されそうって、あの家からか？　どうすんだよ」

あの家とは、要はついさっきゴトウがムラタを迎えに行った、彼の自宅である。一生に一度の買い物、会社勤めにとっての夢のマイホーム。そんな言葉がぴたりと当てはまる、それなりに広くそれなりに奇麗な、まだ建てられて日の浅い新築の家屋だ。それを購入に踏み切った本人が追い出されるなど、惨めという他ない。

「どうにかして女房を説得できりゃいいけどよ。できなきゃ一人で安アパートだぜ、クソッタレが」

「むう……」

ゴトウの頭に、以前住んでいたボロアパートの見るに堪えない姿が過った。当時は慣れてしまっていたが、一度場所を移すともう戻りたいとは思わない。

いや、それはあくまで過去の自分の話であって、何もそこまでグレードを下げなくてもよさそうなものだ。稼ぎさえあれば、とりあえずはもう少しまともな暮らしができる。

「仕事の方はどうなんだ」

「散々だよ。誰かしらと顔を合わせるたび罵《のの》り合いだ。そんな状態で仕事なんざ手につかねえ。トラブルで口を利《き》かなくなったやつも多いしな」

今現在、彼の職場での立場は非常に危ういらしい。

「さあ、もうそろそろ左遷《させん》かクビか……まあクビだろうな。お先真っ暗ってやつだ。家の中でも喧嘩、外でも喧嘩。金を無心したことはないが、他の知り合いもどういうわけか寄りつかなくなりやがった。まともに話ができるのはもうゴトウしかいないんだよ」

ムラタの言葉には自嘲の響きが混ざっていた。ムラタの憔悴《しょうすい》した姿を目の当たりにして、ゴトウまでため息をつきたくなった。

無様《ぶざま》なもんだ。こうなってはこいつもお終《しま》いだな。

まさか、無二の友人だった男を見限るときがこようとは、とゴトウは心を痛めていた。運命の悪戯とは、なんと残酷なものか。

「まあ、何にせよ溜め込むのはよくない。今日は好きなだけやってくれ。金の心配はしなくていい」

もう誘うことも、誘いに乗ることもないだろうしな——一心に酒をあおるムラタに、ゴトウは冷ややかな視線をおくっていた。


ある日、ゴトウは宝くじを買った。実に数年ぶりのことだった。博打より明らかに当たる確率が低いものだからとずっと敬遠していた。しかし、しあわせの壺もあるしと試しに買ってみたのだ。とりあえずバラで百枚。馴染みの薄い紙の束はしばらく放置され、新聞に当選番号が載ったときにようやく検められた。くじは一枚だが当たっていた。額は一億だった。

ある日、ゴトウは結婚した。居酒屋とはまた別の行きつけの店で顔見知りになった女だった。どうして意気投合できたのかはゴトウ自身にもわからないままだが、よくできた女だった。人一倍ものぐさなゴトウを甲斐甲斐しく世話して、献身的に尽くした。式を挙げたくないというゴトウに素直に従い、ゴトウの部屋での暮らしに文句の一つもこぼさない、ゴトウの理想に最大限即した、本来ゴトウには不釣り合いな女性だった。

またある日、ゴトウは家を建てることにした。ワンルームはさすがに二人で暮らすには手狭だったからだ。例えばムラタが建てたような、一般的な邸宅よりも少しだけ豪華な家にし、その代金を一括で払った。宝くじの当せん金は目減りしたが、まだまだ金銭的な余裕があった。さらに一年が経過して家は無事完成し、壺は壺のために用意された部屋に置かれた。

これまで様々なしあわせをゴトウに与えてきたしあわせの壺だったが、ここにきて少々問題が起きつつあった。

そんな時、いつかの約束でも果たそうかというように、フクダがやってきた。

「竣工《しゅんこう》おめでとうございます、ゴトウ様。やはりあの壺はゴトウ様のためにあったようなものでございますね」

新築祝いのつもりらしい手土産《てみやげ》を置きながら、フクダがいつもの調子でゴトウを持ち上げた。がしかし、ゴトウは珍しく浮かない顔をしていた。

「ありがとうフクダくん。今日はその壺のことで、折り入って相談があるのだがね」

「おや、いかがなされましたか」

「あの壺について、他人に存在を明らかにしてはならんという話だったろう。しかしだ。最近、妻がやたらとあの壺について知りたがるのだよ」

一体何のために置いてあるのか、どのくらいの価値があるのか。ゴトウの妻はしきりに壺について聞いてきた。ワンルーム暮らしの頃は口を出さなかったのに、秘密を守ろうと鍵つきの部屋まで作ったのが拙《まず》かったようだ。かえって妻の好奇心を刺激してしまったらしい。よかれと思ってしたことが、完全に裏目に出てしまった。

「あれだけ大きな壺でございますから、やはり奥様も興味はおありなのでしょう」

「もう毎日のように問い質《ただ》されている。このままでは近いうちに壺の秘密がばれるのではないかと気が気でないのだ」

ゴトウは口惜《くちお》しげに壺の方を見た。壺は今も鍵つきの部屋で管理されていたから、正確には壺の置いてある部屋の扉だ。それでもゴトウの目には白く巨大な壺の形がありありと浮かんでいた。

「俺としても大変に不本意だが、今日をもって壺のレンタルをやめようと思っている」

しあわせの壺の存在を周囲に知られるとどうなるか、詳しくは聞いていない。しかし、自分にとって不都合なことが起きるのは間違いないのだろう。ゴトウは漠然と不安を抱え、日々を過ごしていた。

「左様でございますか……」

ゴトウの言葉に、フクダは器用に眉だけをハの字に曲げて、さも残念そうな表情を作った。

「レンタル料一千万、当社で用意できる最大の壺も是非ゴトウ様にご利用いただきたかったのでございますが」

最大の壺。ゴトウもリーフレットで何度か目にしていた。超巨大な壺などと記載されていた記憶がある。百万の壺でゴトウの腰の辺りまでの大きさがあるのを考えると、一千万なら大人数人が立ったまま、中に隠れられてしまうのではないだろうか。それではいくらなんでも大きすぎだ。

さらに元が器の小さな人間であるゴトウには、欲望のほぼ全てが満たされた現状、さらなるしあわせを具体的に想像するのが難しくなっていた。その上毎月の支払いが一千万ともなると、宝くじの当せん金など簡単に失われてしまう。元来の貧乏性が、ここで顔を出した。

衣食住、そして金と物と女。それらが揃った今、ゴトウとしても潮時だと感じ始めていた。いざ手放すとなると惜しくてたまらないが、それでも今が非常にしあわせな分、何かが起こってしまうかもしれない未来への不安、凋落《ちょうらく》に対するおそれは、一度脳裏を過るとなかなか消えないものだった。

「本当に残念だ。だが、ひどい罰など受けてしまって、今のしあわせがなくなっては困るからな」

「承知いたしました。わたくしどもとしてもお客様のご意向は尊重しなければなりません。

それが賢明なるゴトウ様の判断となれば尚更でございます」

「うむ。今までご苦労だった。すぐにでも引き取ってもらえるかね」

「可能ではございます。ただ誠に心苦しいのですが、本日はわたくし一人でございまして……今この場で壺のご返却を希望されるのであれば、ゴトウ様に運搬のお手伝いをお願いしなければなりません」

フクダから頼みごとをされるなど初めてのことで、ゴトウはわずかに驚いた。とはいえフクダの頼みはもっともで、あれだけ巨大で重量のありそうな壺を一人で運ぶのはまず不可能である。フクダに一切を任せ、いつか見たもう一人を連れてこさせてもよかったが。

「わかった。そのくらいならいくらでも協力しよう。せっかくの新築だ、フクダくん以外の者に任せて家に傷がついてもいけない」

「恐縮でございます、ゴトウ様」

仕事を辞めてからほとんど、結婚してからは全ての雑務労働を人任せにしていたゴトウだったが、彼にとってもう用のなくなった壺をいつまでも置いておく義理もなく、返却が遅れれば遅れるだけ正体を知られる危険性が高くなるのは明白で、ちょっと壺を運ぶ程度の労力を惜しむよりは、早めにリスクをなくしておく方が得策だと踏んだ。たるみきった腕と出っ張った腹に壺の重みは堪《こた》えたが、これで疎《うと》ましい質問攻めから解放されるのだと、ゴトウはある種のしあわせを噛みしめた。

「では、また何かご入用になりましたらお電話ください」

「うむ。フクダくんも頑張りたまえ」

しあわせの壺がなくなるという瞬間にしあわせを感じるなど、妙なものだ。

ゴトウは壺を載せて遠ざかるフクダの軽トラックを眺めながら考えた。思い返せば何から何まで妙な体験だった。禿げ頭の訪問販売員に、その頭にも負けずつるりとした白い壺。人に話したところで失笑を買うだけに終わるだろうが、ゴトウは実際に金でしあわせを買うことができ、払った金のことなど忘れてしまえるだけの財産を手に入れた。

ゴトウはしあわせだった。彼にとってはしあわせセールス社の正体だとか夢か現実かだとかより、その一点だけが重要だった。たくさんの高級な物があり、とてつもなくいい女がいて、以前の自分からはとても想像できなかっただけの大金がある。たとえしあわせの壺を手放そうとも、不幸とはもう縁のない生活が送れることだろう。彼はそんな風に考えていた。

今この一瞬、ゴトウは確かにしあわせだった。重要なのはそれだけだった。

＊

フクダは軽トラックを走らせて一度会社に戻り、壺を置いてから今度は普通の軽自動車に乗り換えて、住宅街を走った。訪問販売員として、新しい訪問先と、壺の貸出先とを探していた。

「それにしてもゴトウ様は大変しあわせになられていた。やはりわが社の商品はすばらしいな」

『しあわせの壺』についての営業活動はフクダにとっても初めてのことで、きちんと成果が上がるのかとか、客の前で粗相《そそう》をしないかとか、心配がいくつかあった。結果的に上手くいって、フクダは上機嫌だった。

「周囲の人から福や運を吸い取って持ち主に与える壺か。信頼していなかったわけではないが、あそこまで効果があるとは」

ひとしきり感心した後、いやあの壺の場合は借り主か、とフクダは付け加えた。

商品がどうとか、利用形態がどうとかいうのは二の次でいい。しあわせセールスの基本理念は顧客のしあわせに他ならない。

「だが、壺が吸い込み溜めていたしあわせがなくなったらどうなるのだろう。ゴトウ様はどうやら、壺のお陰でありつけたしあわせを、自分の実力で掴んだとすっかり勘違いされていたようだ。元々、人並みの運が備わっているようには見えなかったからなあ」

一旦しあわせを掴んだ後のことは、ともかくとして。

「まあ我々の仕事は今しあわせでない人にしあわせを提供することだ。また新しいお客様を見つけなければ」

誰かが幸福を甘受している陰で、誰かが不幸に泣いている。成功の裏に失敗があり、報われた者が拳《こぶし》を突き上げる傍らで報われなかった者が膝をつく。誰かのしあわせはそのまま誰かのふしあわせにつながるのだ。

だからフクダの仕事はなくならない。

誰かが、今日も不幸に泣いているから。

「おや。どこからか不幸のにおいがするぞ……」

住宅街を当てどもなく走り続けていたフクダが、卒然と方向を変えた。フクダが自分の感覚に従うまま細い道を進んでいくと、まさしく不幸の巣窟《そうくつ》だと主張せんばかりのボロアパートにたどり着いた。フクダには見覚えのあるアパートだった。

「ゴトウ様がまたここに帰ってこられたにしては早すぎるな、誰か別の人が不幸に悩んでいるのだろう」

フクダはひとまず駐車場に車をとめると、悩みを持つ人間が住んでいると思しき部屋の前へと向かった。相変わらず建てつけの悪そうな扉に手をかける前に、まず表札の名前を念入りに確認する。これから商談に臨《のぞ》もうというのに、相手の名前を間違えてしまっては失礼だからだ。

古い型のドアチャイムを押して、フクダは住人の反応をじっと待つ。急ぎすぎてはいけない。訪問販売員がどのような目で見られているかは彼も充分に把握していた。相手の警戒心を緩めるのに、その都度精一杯の営業スマイルは欠かせない。

「何だ、てめえ」

扉の隙間から顔をのぞかせたのは男だった。態度に難がありそうでも戸口まで出てくればしめたものだ。まず社名に興味を示す客は多い。フクダはすかさず名刺を差し出した。

「こんばんは。わたくし、しあわせセールス社のフクダと申します」

「しあわせセールスだと?」

フクダの第一声も、それに対する客の反応もいつも大体変わりない。怪しまれるのには慣れていた。それに、フクダは自社が名前に恥じないだけの商品を提供していると信じているので、取り乱したりもしない。

「はい。わたくしどもは、お客様にしあわせを販売しているのでございます」

「ふざけてるのか、馬鹿馬鹿しい……いや、待てよ」

男の眉間の皺が深くなった瞬間、フクダは腹に力を込めた。怒声でも飛んでくるかと身構えてみたが、フクダの予想に反して男はすぐ平静を取り戻し、何やら思い出すような仕草をした。

「しあわせセールスか。そうか、しあわせ……。よし。話だけでも聞かせてもらおう」

男はしあわせセールス社に心当たりがあるようだった。世間は思いのほか狭いものだ。男の態度から、周りに幸せを手にした知り合いでもいるのかもしれない、とうかがえた。疑いの程度が軽いものであるなら、これほどやりやすいものはない。フクダは少々強気で商談を進めてみることにした。

「ありがとうございます、ムラタ様。いくつかラインナップがございますが、特に当社がお勧めいたしますのは『しあわせの壺』という商品でございまして、本日は資料を……」

嬉々《きき》とした表情――いつもと変わらない笑顔で、フクダは提げた鞄を開けた。

著者プロフィール

神月 裕（かんづき ゆう）

1983年、愛媛県生まれ。
愛媛県在住。

不可思議短編集

2019年 9 月15日　初版第 1 刷発行

著　者　神月 裕
発行者　瓜谷 綱延
発行所　株式会社文芸社
〒160-0022　東京都新宿区新宿1－10－1
電話　03-5369-3060（代表）
03-5369-2299（販売）

印刷所　株式会社フクイン

ISBN978-4-286-20931-9